Mentor

Lektüre · Durchblick

Band 322

JOHANN WOLFGANG GOETHE

Die Leiden des jungen Werther

Von Dr. Michael Rumpf

Mentor Verlag München

Willkommen bei »Lektüre · Durchblick«!

Sie lesen gerade »Die Leiden des jungen Werther« im Deutschunterricht?

Dann finden Sie hier in knapper und verständlicher Form – oft auf besonders übersichtlichen Doppelseiten – genau die Informationen, die Sie jetzt brauchen.

Sie werden sehen: Wenn Sie sich mit diesem Hintergrund den »Werther« nochmals vornehmen, steht dem vollen Durchblick nichts im Wege. Denn je mehr Sie schon wissen, desto mehr entdecken Sie selbst im Text – und so macht Deutsch-Lektüre erst richtig Spaß!

Viel Erfolg!

Autor und Verlag

Alle Zitate nach:
Johann Wolfgang Goethe: Die Leiden des jungen Werther. Stuttgart 1948, 1986 (= Reclams Universal-Bibliothek Nr. 67)

Der Autor:
Dr. Michael Rumpf, Gymnasiallehrer für Deutsch, Philosophie und katholische Religion, Mitherausgeber der literarischen Zeitschrift »ZENO«

Inhalt

Die Thematik   4

Die Handlung in Kürze   5

Die Personen (Schaubild)   6

Die Handlung   8

Hintergrundwissen   19

Der Autor   20

Das Gesamtwerk   22

Der Aufbau des Textes (Schaubild)   24

Die sprachliche Form   26

Die Entstehung   28

Die Entstehungszeit   30

Der Text in seiner Zeit   32

Die literarische Gattung   34

Die Wirkungsgeschichte   36

»Die neuen Leiden des jungen W.«   38

Wort- und Sacherklärungen   40

Lesetipps   42

Interpretation   43

Aufgaben mit Lösungstipps   60

Die Thematik

Der Roman »Die Leiden des jungen Werther« handelt vom Konflikt zwischen den Erwartungen des Individuums und den Konventionen der Gesellschaft, von der Tragik unglücklicher Liebe und vom Recht auf Freitod.

Goethes Roman erregte Skandal, weil er das Recht des Individuums anerkennt, einem als Qual empfundenen Leben ein Ende zu setzen. Werther, der ebenso leidenschaftlich wie unglücklich liebt, bringt sich um, ohne dass diese Tat vom Autor kritisch kommentiert würde. Ein Teil des Publikums empörte sich darüber, da es die christliche Lehre verinnerlicht hatte, wonach Gott das Leben schenkt und der Selbstmörder die schwere Sünde der Undankbarkeit auf sich lädt.

Ist dieser Aspekt veraltet, so bleiben als diskutierte, weil häufig aktuelle Fragen, warum ein junger Mensch sein Leben beendet und ob man ihm hätte helfen können. Ist eine solche Tat eher auf Besonderheiten seines Charakters (psychologische Erklärung), einzelne Ereignisse (historische Erklärung) oder auf soziale Umstände wie die Normen der Gesellschaft (soziologische Erklärung) zurückzuführen? Goethe zeigt als einer der ersten Autoren, wie komplex menschliches Verhalten motiviert ist. Leser und Interpreten neigen dazu, Werthers Scheitern einseitig mit seiner übergroßen Sensibilität, seiner unerfüllten Liebe oder mit seinem Leiden an der Stellung des Adels im 18. Jahrhundert zu begründen. Doch darf die Aussage des „Herausgebers" des Romans nicht überlesen werden, der gesteht, wie schwierig es sei, die Triebfedern *auch nur einer einzigen Handlung zu entdecken, wenn sie unter Menschen vorgeht, die nicht gemeiner Art sind* (S. 112).

Die Handlung in Kürze

Der empfindsame Werther liebt die ihm seelenverwandte Charlotte, die allerdings mit Albert, einem ehrbaren Mann, verlobt ist. Da sie sich gebunden fühlt, verzichtet Werther, um Lotte nicht in Konflikte zu stürzen, kann aber ohne sie nicht leben und erschießt sich.

Von einer Reise schreibt Werther seinem Freund Wilhelm Briefe, in denen er berichtet, was er erlebt. Wesentliches Ereignis ist die Bekanntschaft mit Charlotte, in die er sich Hals über Kopf verliebt. Sein Glücksgefühl lässt nach, als ihr Verlobter Albert zurückkehrt. Da Lotte ihm keine Hoffnungen macht, ist Werther lange unschlüssig, was er mit seinem Leben anfangen soll. Schließlich nimmt er Abschied, um eine Stelle bei Hofe anzutreten.

Dort kommt Werther mit einem Gesandten, bei dem er als Sekretär tätig ist, nicht zurecht. Einziger Trost ist das Verständnis des Grafen C. und die Bekanntschaft mit Fräulein von B., die ihn an Lotte erinnert. Bei einer Abendgesellschaft des Grafen muss Werther den Saal verlassen, da sich Adelige an der Anwesenheit eines Bürgerlichen stören. Wegen dieser Demütigung bittet er um Entlassung bei Hofe und zieht wieder in die Nähe Lottes, obwohl sie inzwischen geheiratet hat. Werthers Liebe ist unvermindert, und seiner Meinung nach wäre Lotte mit ihm glücklicher als mit ihrem Mann Albert. Hier enden Werthers Briefe.

Ein Herausgeber fasst die letzten Ereignisse zusammen: Als Werther Lotte küsst, will sie ihn nie mehr sehen. Obwohl ihrer Liebe nun sicher, begeht er Selbstmord, um ihre Ehe nicht zu gefährden, und zwar mit einer Pistole, die er unter einem Vorwand von Albert leiht.

Die Personen

Die Fülle der Personen darf nicht darüber hinwegtäuschen, dass nur wenige von ihnen im Roman eine wichtige Rolle spielen und als Charaktere gezeichnet werden. Es besteht ein Kontrast zwischen der Intensität, mit welcher der Leser Werthers Seelenregungen kennen lernt, und den kurzen

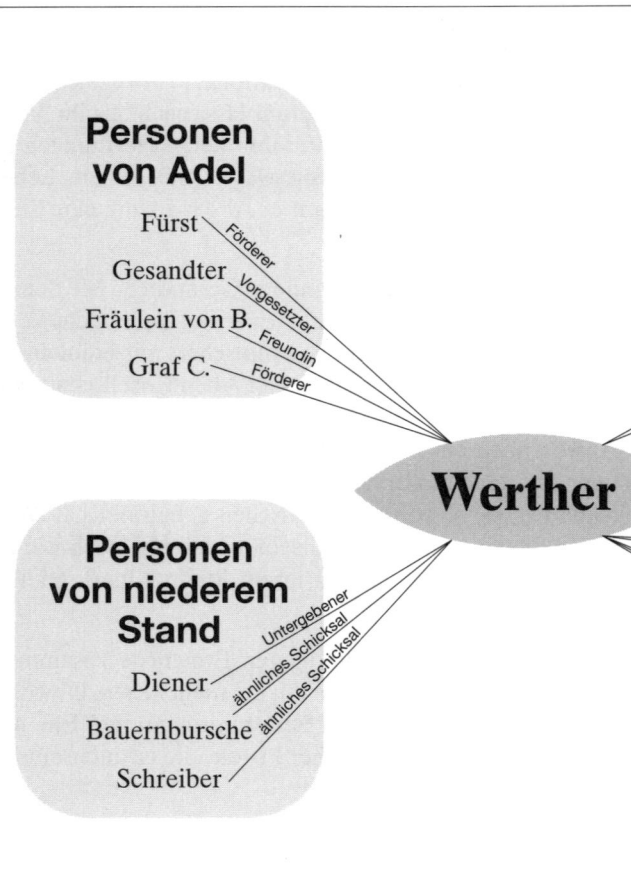

Personen von Adel

Fürst — Förderer

Gesandter — Vorgesetzter

Fräulein von B. — Freundin

Graf C. — Förderer

Werther

Personen von niederem Stand

Diener — Untergebener, ähnliches Schicksal

Bauernbursche — ähnliches Schicksal

Schreiber

Erwähnungen der meisten anderen Personen. Deutlicher treten nur Albert und Lotte hervor. Doch auch bei Lotte fehlen nähere Informationen. So erfährt man weder Lottes Geburtstag noch Genaueres über das Verhältnis zu ihrem Vater. Die dominierende Ich-Perspektive der Hauptperson Werther verhindert die epische Ausgestaltung.

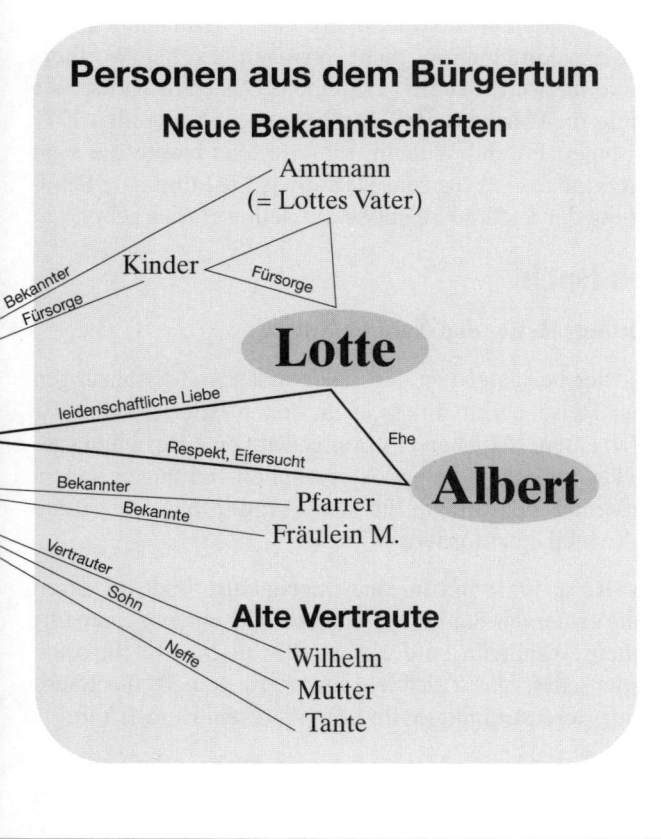

Personen aus dem Bürgertum

Neue Bekanntschaften

Amtmann
(= Lottes Vater)

Bekannter
Fürsorge

Kinder

Fürsorge

Lotte

leidenschaftliche Liebe

Respekt, Eifersucht

Ehe

Albert

Bekannter

Bekannte

Pfarrer

Fräulein M.

Vertrauter

Sohn

Neffe

Alte Vertraute

Wilhelm

Mutter

Tante

© Mentor

Die Handlung

Der Roman spielt zwischen 1771 und 1772 in Deutschland und stellt das Seelenleben seines Titelhelden in den Mittelpunkt. Sensibel notiert Werther, was er fühlt und denkt, sensibel reagiert er auf Erlebnisse und Enttäuschungen.

In einer Vorbemerkung äußert der fiktive Herausgeber die Zuversicht, der Leser werde es ihm danken, dass er Werthers Leiden dokumentiert habe, denn man könne ihm die Anteilnahme nicht versagen. Er hat Werthers Briefe in zwei Büchern gesammelt. Das erste enthält die Briefe, die Werther vom 4. Mai bis zum 10. September 1771 an seinen Freund Wilhelm schreibt, das zweite die vom 20. Oktober 1771 bis zum Dezember 1772 und eine Schilderung der letzten Ereignisse durch den Herausgeber.

Erstes Buch

Werthers Reise- und Natureindrücke

Werther berichtet von den Erlebnissen und Erfahrungen einer Reise, deren Anlass er im ersten Brief erwähnt: Er hat in einem Mädchen Hoffnungen auf eine Beziehung geweckt, die sich in seiner Abwesenheit beruhigen sollen. Außerdem beauftragte ihn seine Mutter, bei einer Tante ein Erbteil einzufordern.

Die Reise führt ihn in eine ungenannte Stadt, in deren Nähe er, der das Stadtleben nicht schätzt, einen kleinen Ort namens Wahlheim entdeckt, in dem er Motive für seine Leidenschaft, das Zeichnen, findet. Er genießt die Landschaft, deren frühlingshafte Schönheit sein Herz erfüllt.

Für Werther ist das Herz – d. h. sein Innen- oder Gefühlsleben – der wichtigste Zugang zur Welt. Durch es erfährt er in der Natur *die Gegenwart* Gottes (S. 7), durch es erlebt er die neuen Eindrücke so intensiv, dass er fast keine Bücher mehr um sich duldet. Eine Ausnahme bilden die Werke seines Lieblingsdichters, des Griechen Homer (vgl. unten S. 52f.).

Werther verliebt sich in Lotte

Werther knüpft Kontakt zur heimischen Bevölkerung und wird zu einem Ball eingeladen. Auf dem Wege dorthin nimmt man ein Mädchen, Charlotte S., mit, das Werther als besonders hübsch angekündigt wird. Er lernt die bereits verlobte Lotte – so die Kurzform ihres Namens – inmitten einer Kinderschar kennen und ist sofort von ihr angetan. Die sechs Geschwister im Alter von zwei bis elf Jahren, für die sie Mutterersatz ist, da ihre leibliche Mutter früh starb, hängen an ihr, und zwei fahren bis zum Waldrand auf der Kutsche mit, die die Gesellschaft zum Tanzabend bringt.

Lotte ist eine begeisterte Tänzerin und Werther, der sich auf den ersten Blick verliebt hat, verbringt einen herrlichen Abend mit ihr. Ein Unwetter unterbricht das Vergnügen, doch Lotte lenkt die Gesellschaft mit einem Pfänderspiel ab. Als das Gewitter abklingt, treten beide ans Fenster und betrachten die Landschaft, und als Lotte den Namen des Dichters Klopstock (vgl. unten S. 54f.) erwähnt, weiß Werther, dass er eine Seelenverwandte gefunden hat und küsst ihr unter *wonnevollsten Tränen* (S. 30) die Hand. Auf der Rückfahrt am frühen Morgen bittet er, sie noch am selben Tag sehen zu dürfen, was sie ihm zugesteht.

Er ist völlig für Lotte entflammt und vergisst die Zeit und die ganze Welt um sich herum. Wahlheim, ein eher zufällig gewählter Ort, scheint ihm nun *nahe am Himmel* (S. 31) zu liegen, weil Lotte nur eine halbe Stunde entfernt wohnt.

Bei den Besuchen, die Werther ihr abstattet, spielt er auch mit den Geschwistern und lässt sie auf sich herumkrabbeln, was das Missfallen eines unerwartet hereintretenden Arztes erregt. Zwischen diesem Vernunftmenschen und

Werthers empfindsamer, spontaner Art wird ein Gegensatz offenbar. Werther fühlt sich, wie mehrfach deutlich wird, zu Kindern hingezogen, da sie unverbildete Natürlichkeit verkörpern.

Werther diskutiert über schlechte Laune

Da Werther Lottes Gegenwart nicht entbehren kann, begleitet er sie auf Ausflügen, z. B. zum Pfarrer von St., wo er dessen Tochter Friedericke und ihren Liebhaber, Herrn Schmidt, kennen lernt. Werther unterhält sich auf einem Spaziergang unabsichtlich so intensiv mit ihr, dass er die Eifersucht des Liebhabers erregt, was Lotte ihm zu verstehen gibt (S. 35). Darüber verärgert, wettert Werther nach der Rückkehr auf den Pfarrhof gegen die schlechte Laune, auf die man doch großen Einfluss habe. Herr Schmidt bezweifelt das und hält Werthers Ansicht, üble Laune sei zu den Lastern zu rechnen, für übertrieben. Werther begründet seine Meinung damit, dass die eigene Missstimmung anderen die Freude verderbe. Er steigert sich in eine sprunghafte Rede hinein. Schließlich verlässt er, von ungenannten Erinnerungen überwältigt, weinend die Gesellschaft. Auf dem Rückweg tadelt Lotte seine Empfindsamkeit und sagt ihm voraus, er werde sich durch übertriebene Anteilnahme zu Grunde richten. Werther schließt daraus, dass er Lotte nicht gleichgültig ist (S. 39).

Werther liebt leidenschaftlich

Lotte besucht nun öfter Frau M., eine schwer kranke Freundin in der Stadt. Werther bewundert Lottes engelhaft hilfsbereites Wesen. Wenn er einmal nicht zu ihr gehen kann, schickt er einen Diener, damit er wenigstens einen Menschen um sich hat, der in ihrer Nähe war (S. 45). Werther wird für alles unempfänglich, was nicht mit Lotte zusammenhängt, und sucht täglich nach Hinweisen, ob seine Gefühle geteilt werden. Deshalb lehnt er den Wunsch seiner Mutter ab, aus Karrieregründen mit einem adeligen

Gesandten an einen Hof zu gehen (S. 46). Sogar seine Kunst leidet. Der Versuch, Lottes Porträt zu zeichnen, misslingt und er muss sich mit einem Schattenriss begnügen (S. 47).

Albert, Lottes Verlobter, kommt zurück

Am 30. Juli tritt eine Wende ein, denn Lottes Verlobter Albert ist zurückgekommen. Trotz peinigender Eifersucht kann Werther ihm seinen Respekt nicht versagen und wird seinerseits wohlwollend aufgenommen. Man unternimmt gemeinsame Spaziergänge, und Albert verwehrt ihm den Umgang mit seiner Verlobten nicht.

Werther diskutiert über Selbstmord

Eines Tages will Werther zu einem Ritt ins Gebirge aufbrechen und zur Verteidigung zwei kleine Pistolen mitnehmen, die er bei Albert entdeckt hat. Dieser erzählt ihm von einem Zwischenfall, bei dem einem Mädchen versehentlich der Daumen verletzt wurde. Deshalb rühre er die Waffen nicht mehr an. Werther setzt sich aus einer Laune heraus eine Pistole an die Schläfe und löst damit einen heftigen Wortwechsel aus. Albert lehnt Selbstmord als unmoralisch ab, während Werther zu bedenken gibt, man müsse die Motive der Tat kennen. Er verteidigt die Leidenschaften, hingegen tritt Albert für Vernunft und Selbstbeherrschung ein. Für ihn ist ein Selbstmörder zu schwach, ein qualvolles Leben auszuhalten. Werther, ganz anders eingestellt, vergleicht ihn mit einem Kranken, der einem Fieber erliegt. Wie der Körper nicht dafür gescholten werden könne, wenn eine Krankheit siege, könne der Geist nicht gescholten werden, wenn Leidenschaft ihn überwältige. Werther erwähnt ein Mädchen, das ins Wasser ging, weil ihr Geliebter sie verließ. Albert wendet ein, dass ein Mensch von ausgebildeterem Verstand nicht so gehandelt hätte, worauf Werther ausruft: *das bißchen Verstand, das einer haben mag, kommt wenig oder nicht in Anschlag, wenn Leidenschaft wütet* (S. 58).

Werther leidet an seiner Liebe

Die nächsten Briefe bestätigen diese Aussage: Werther verliert seine Freude an der Natur, die ihm statt als Paradies nun als *ewig wiederkäuendes Ungeheuer* (S. 62) vorkommt, das alles, was es schafft, zerstört. Er weiß nicht mehr, wie er seine Fähigkeiten einsetzen soll, und fühlt sich als Opfer einer unheilbaren Krankheit, der unglücklichen Liebe. Nicht einmal die Geschenke, die er von Albert und Lotte zum Geburtstag am 28. August erhält, können ihn dauerhaft aufheitern. Und das, obwohl er sich die blassrote Schleife, die Lotte trug, als er sie kennen lernte, und eine Homer-Ausgabe gewünscht hatte. Wenn Werther in Lottes Nähe ist, spürt er ein Glück, das in Unglück umschlägt, sobald er von ihr getrennt ist. Da er keine Hoffnung auf eine Liebesbeziehung hat, keimt in ihm der Gedanke an Selbstmord. Was er theoretisch gerechtfertigt hat (S. 56–58), erwägt er als konkretes Ende seiner Not.

Werther nimmt Abschied

Ein nächtliches Gespräch, das Werther in Alberts Anwesenheit mit Lotte führt, bewirkt schließlich eine andere Lösung seines Elends: die Abreise. Lotte erzählt, dass Mondnächte in ihr die Vorstellung wachrufen, der Mensch werde nach dem Tode mit den geliebten Verstorbenen vereint sein. Diese Hoffnung bedeutet ihr viel, da sie ihre Mutter früh verloren hat. Lotte erinnert sich an deren Sterbestunde und daran, wie sehr es ihre Mutter beruhigte zu wissen, dass Lotte die Kinder versorgen und Albert heiraten werde.

Ihr Verlobter, ebenfalls von Erinnerung bewegt, vergisst die sonst in Werthers Anwesenheit geübte Rücksicht: Albert küsst Lotte und bekräftigt das gemeinsame Glück. In diesem Augenblick wird Werther klar, dass er auf Lotte verzichten muss. Dies teilt er Wilhelm am 10. September in dem Brief mit, der das erste Buch beschließt.

Zweites Buch

Zwischen dem ersten und zweiten Buch liegen etwas mehr als fünf Wochen. Aber erst am 29. Juli 1772, also über acht Monate nach Wiederaufnahme seines Briefwechsels und fast zehn Monate nach der Trennung, trifft Werther bei Lotte ein. Knapp fünf Monate verbringt er wieder in ihrer Nähe, bis er seinem leidvollen Leben ein Ende setzt.

Werther tritt in den Dienst eines Gesandten

Am 20. Oktober nimmt Werther den Briefwechsel wieder auf und berichtet Wilhelm, dass er in die Dienste des Gesandten (vgl. S. 46) getreten sei und mit ihm umherreise. Allerdings kommt er nicht gut mit ihm aus, da sein Vorgesetzter ein Pedant ist; eher fühlt er sich zum Grafen C. hingezogen, der *viel Empfindungen für Freundschaft und Liebe* zeigt (S. 72). Werther leidet unter der mangelnden charakterlichen Übereinstimmung mit seinem Dienstherrn, aber auch unter der Langeweile und dem Prestigedenken in adeligen Kreisen. Außerdem plagt ihn bei seinen Aufgaben, einer Art Verwaltungstätigkeit, das Gefühl der Nutzlosigkeit. Er meint auf einer *Galeere [...] angeschmiedet* (S. 74) zu sein, jede Bauernexistenz kommt ihm sinnvoller vor. Sein Verhältnis zum Gesandten, der Werthers überspannte Ideen kritisiert, verschlechtert sich so, dass er vom Minister einen dienstlichen Verweis bekommt und daraufhin seinen Abschied einreichen will, wovon ihn nur ein verständnisvoller Privatbrief des Ministers abhält.

Werther schreibt an Lotte

Zwei der Briefe aus diesem Zeitraum richten sich an Lotte: Der vom 20. Januar verdeutlicht, wie wenig es Werther gelingt, in den neuen Verhältnissen die alte Liebe zu vergessen. Und dies, obwohl er, wie er freimütig schreibt, ein Fräulein von B. kennen gelernt habe, die unter ihrem Adelsstand leide und *viel Seele* habe (S. 78). Der Brief vom

20. Februar geht an Lotte und Albert und reagiert auf die Nachricht von ihrer Hochzeit. Werther hat damit gerechnet und daher beabsichtigt, an diesem Tag Lottes Schattenriss von der Wand abzuhängen. Er lässt es, da er sich sicher ist, den zweiten Platz in ihrem Herzen einzunehmen.

Werther muss einen Empfang verlassen und reist ab

Knapp einen Monat später nimmt Werther seinen Abschied. Er musste nämlich einen Empfang beim Grafen von C., verlassen, weil einige adelige Gäste seine bürgerliche Herkunft betuschelten. Die Nachricht machte die Runde und Werthers *Neider [...] triumphieren* (S. 82): Sie sehen in ihm einen Ehrgeizling, der sich auf seine Begabung etwas einbildet und sie einsetzt, um Zugang zu höheren Kreisen zu bekommen. Auch Fräulein von B. wurde von ihrer Tante wegen des nicht standesgemäßen Umgangs mit ihm gerügt. Werther reagiert auf den Skandal, indem er um seine Entlassung bittet.

Zunächst stattet Werther seiner Heimatstadt einen von wehmütigen Erinnerungen erfüllten Besuch ab (S. 87 f.), dann schließt er sich dem Fürsten an, um mit ihm in den Krieg zu ziehen – ein weiterer Hinweis auf seine wachsende Todessehnsucht. Der Fürst bringt ihn von dieser Absicht ab, und Werther verlebt die nächsten Wochen auf dessen Jagdschloss. Er beginnt wieder zu zeichnen, weiß aber im Grunde nicht, was er mit seiner Zeit anfangen soll.

Werther kehrt zu Lotte zurück

Unter dem von ihm selbst durchschauten Vorwand, Bergwerke besichtigen zu wollen (S. 89), begibt er sich erst in die Nähe Lottes und dann zu ihr selber. Er hat den Eindruck, dass sie einen Mann geheiratet hat, mit dem sie nicht die Seelenverwandtschaft verbindet, die Werther fühlt. Er denkt sogar darüber nach, was würde, *wenn Albert stürbe* (S. 91).

Werther trifft den Bauernburschen wieder

Werther trifft einen Bauernburschen wieder, von dessen Liebe zu seiner Herrin er Wilhelm bereits geschrieben hatte (vgl. S. 19). Da sie dem Burschen ihre Gunst andeutete, verfiel er in solche Leidenschaft, dass er sie vergewaltigen wollte. Ihr Bruder kam dazu und warf ihn aus dem Haus, nicht zuletzt aus Angst um sein Erbe, denn bisher war die Schwester kinderlos. Die Herrin nahm einen neuen Knecht und scheint nun an Heirat zu denken, was den verjagten Bauernburschen sehr bekümmert. Er spricht von Selbstmord (S. 94) und weckt damit bei Werther, der Parallelen zum eigenen Leben sieht, großes Mitgefühl. Manchmal glaubt auch Werther, bei Lotte Andeutungen ihrer Gunst zu bemerken. Etwa, wenn sie vorschlägt, ein Kanarienvogel, der sie küsste, solle unmittelbar darauf Werther küssen. Dennoch darf er sich keinerlei körperliche Annäherung erlauben, sodass er immer mehr leidet.

Werther trifft einen geistig Verwirrten

Seine zunehmende Schwermut drückt sich u. a. darin aus, dass nicht mehr Homer sein Lieblingsautor ist, sondern Ossian (vgl. unten S. 54). Ossians junge Helden sterben tragisch, leben aber im Andenken der Nachwelt fort. Eine ähnlich tröstende Vorstellung braucht Werther wie den Wein, dem er so stark zuspricht, dass Lotte ihm *Exzesse* (S. 103) vorwirft. Schließlich beneidet er sogar einen Wahnsinnigen (S. 108), da dieser von seinem Geisteszustand nichts weiß und daher nicht daran leidet. Er war Schreiber bei Lottes Vater und die unerwiderte Liebe zu Lotte trieb ihn in geistige Umnachtung.

Werther hofft noch auf Gegenliebe – so, wenn Lotte ihn erstmals *lieber Werther* nennt (S. 104) –, doch insgesamt wachsen Verzweiflung und Todessehnsucht.

Hier unterbricht der fiktive Herausgeber die bisher ununterbrochene Folge der *hinterlassenen Briefe* (S. 112) und wendet sich an den Leser, um den Fortgang der Ereignisse nach dem 6. Dezember 1772, wie er ihn von Augenzeugen in Erfahrung brachte, selber zu erzählen.

Werthers Mitleid mit dem Bauernburschen

Werther hat sich charakterlich stark verändert: Aus dem gewandten Unterhalter ist ein trauriger Mensch geworden. Als man einen Bauern tot findet, der vorher Knecht war, wird der Bauernbursch (vgl. S. 19, 92) als Verdächtiger festgenommen. Werther setzt sich – in Alberts Anwesenheit – bei Lottes Vater, dem Amtmann, für den Gefangenen ein. Alles, womit man ein Verbrechen aus Leidenschaft entschuldigen kann, trägt er ihm voller Anteilnahme vor und rät, dem Täter zur Flucht zu verhelfen. Der Amtmann lehnt ab. Albert spürt, warum Werther für den Burschen eintritt, und drängt Lotte auf dem Rückweg, sie solle Werther seltener sehen, um nicht ins Gerede zu kommen.

An dieser Stelle seiner Erzählung fügt der Herausgeber wieder Briefe ein, in denen Werther Wilhelm seine schwindende Lebenslust schildert und seine Selbstmordabsicht andeutet.

Werthers letzte Besuche, sein Abschiedsbrief

Am Sonntag vor Weihnachten geht Werther noch einmal zu Lotte, die ihn auffordert, sie vor dem Fest nicht mehr zu besuchen. Als sie merkt, wie tief ihn diese Einschränkung trifft, beschwört sie ihn, seine Gefühle nicht mehr auf eine Frau zu richten, die *das Eigentum eines andern* (S. 124) sei, sondern sich einem anderen Mädchen zuzuwenden. Sie empfiehlt ihm, sich durch eine Reise abzulenken, und bietet ihm nach der Rückkehr ihre Freundschaft an. Albert betritt die Stube, sein Verhalten der eigenen Frau gegenüber kommt Werther – wie so oft – zu nüchtern vor. Er zögert den Abschied hinaus, geht dann aber schließlich, eine Einladung Alberts zum Abendessen ausschlagend.

Am nächsten Tag beginnt er einen langen Brief an Lotte, der in Unterbrechungen entsteht und deshalb vom Herausgeber in Teilen in seinen Bericht von Ereignissen eingeschoben wird. Im ersten Teil des Briefes teilt Werther seinen Entschluss mit, aus dem Leben zu scheiden. Als er geschrieben ist, befiehlt er seinem Diener, alles zu packen, die Rechnung zu begleichen und Bedürftige, die er unterstützt hat, im Voraus zu beschenken.

Entgegen Lottes ausdrücklichem Wunsch besucht er sie unter dem Vorwand, Bücher zurückzubringen. Lotte, die darüber nachgedacht hat, wie gerne sie Werther in ihrer Nähe behalten würde, denn die *Übereinstimmung ihrer Gemüter* (S. 129) fühlt auch sie, schickt ihn nicht weg. Sie lässt sich von ihm einige Gesänge Ossians vorlesen, die von einer unglücklichen Liebe handeln. Diese gehen ihr so zu Herzen, dass sie in Tränen ausbricht. Auch Werther muss weinen, er wirft sich vor Lotte nieder, sie neigt sich zu ihm und er bedeckt ihre Lippen mit *wütenden Küssen* (S. 139). In einer Mischung aus Liebe und Zorn droht Lotte ihm, sie würden sich nie wieder sehen. Dann verlässt sie das Zimmer. Werther bleibt wie besinnungslos zurück.

Am nächsten Tag setzt er den Brief an Lotte fort und bittet für sein Verhalten um Vergebung. Gleichzeitig bekennt er, dass der Kuss ihm ihre Zusammengehörigkeit bewiesen habe. Wenn sie in dieser Welt nicht zusammenkommen könnten, weil Albert zwischen ihnen stehe, dann im Jenseits. Dorthin wolle er ihr vorausgehen. Mit diesem Hinweis auf das Leben nach dem Tod greift er Lottes eigene Hoffnung auf (vgl. S. 70): Sie wollte mit ihrer Mutter im Himmel wieder vereint sein. Nun ist sich Werther sicher, ihre Mutter als Erster zu sehen. Dies tröstet ihn, weil er in ihr Lottes Ebenbild erwartet.

Unterdessen quält sich Lotte damit, wie sie Albert den Vorfall beichten soll. Da tritt Werthers Diener herein und bittet um Pistolen (vgl. S. 52), die sein Herr für eine Reise brauche. Lotte ahnt, was passieren wird, kann sich aber nicht dazu durchringen, ihrem Mann alles zu erzählen und ihn dazu zu bewegen, Werthers Selbstmord abzuwenden.

Werthers Tod

Abends ordnet Werther ein letztes Mal seine Papiere, er schickt den Diener fort und beendet den Abschiedsbrief an Lotte. In ihm äußert er letzte Wünsche: Er will in den Kleidern begraben werden, die er trägt, da Lotte sie berührt hat, und mit der Schleife, die sie ihm geschenkt hat. Um Mitternacht schießt er sich in den Kopf.

Um sechs Uhr morgens wird Werther, der noch lebt, von seinem Bediensteten gefunden. Er holt den Arzt. Der kann aber nicht mehr helfen. Lotte fällt bei der Nachricht in Ohnmacht. Für ihre und Alberts Bestürzung findet der Herausgeber keine Worte. Der Amtmann und seine Kinder kommen und küssen den tödlich Verletzten, der erst um zwölf Uhr mittags stirbt. Nachts wird er begraben. Kein Geistlicher begleitet den Sarg, denn Selbstmord gilt als schweres Vergehen gegen den Willen Gottes.

Wenn Sie bis hierhin gelesen haben, wissen Sie, wovon Goethes Roman handelt. Für heutige Leser, die aktionsgeladene Filme gewohnt sind, passiert sicherlich nicht viel, und was passiert, wirkt etwas übertrieben und wirklichkeitsfern. Wer hält Versprechen, und sei es am Totenbett der Mutter gegebene, wenn *Leidenschaft wütet* (S. 58)? Wer bringt sich wegen einer gelinden gesellschaftlichen Zurückweisung, der ja große Anerkennung zur Seite steht, und einer unglücklichen Liebe um? Ganz abgesehen von der gefühlvollen Sprache. Es fällt schwer, sich heutzutage in die Hauptperson hineinzuversetzen.

Dass hier einer der ersten Romane in deutscher Sprache vorliegt, der seelische Feinheiten schildert und die Wechselwirkung zwischen Individuum und Gesellschaft differenziert darstellt, ist für moderne Leser kaum nachzuvollziehen. Vieles, was damals neu und aufregend wirkte, findet sich heute in jeder Illustrierten. Von daher wird der »Werther« nie wieder die sensationelle Begeisterung bei Jugendlichen hervorrufen, die er einmal auslöste. Der Roman ist ein Text, dem man sich mit historischem Wissen nähern muss. Deshalb bieten die folgenden Seiten

✔ Informationen zu Leben und Werk Goethes,
✔ eine Skizze zum Aufbau des Romans,
✔ Fachbegriffe zu seinen sprachlichen Merkmalen,
✔ Informationen zur Entstehungszeit des Buches,
✔ Informationen zur Gattung des Briefromans,
✔ Erklärungen ungewohnter Wörter.

Dass Goethes Text noch Interesse wecken kann, hat Ulrich Plenzdorf gezeigt, indem er die Geschichte in die 70er Jahre der DDR verlegte. Eine kurze Inhaltsangabe seines Romans »Die neuen Leiden des jungen W.« (vgl. unten S. 38/39) ermöglicht Ihnen den Vergleich. Es folgen Ansätze zur Interpretation und typische Aufgaben für Klassenarbeiten mit Lösungstipps.

Johann Wolfgang Goethe
* 28. August 1749 in Frankfurt
  am Main
† 22. März 1832 in Weimar

Die Probleme Werthers waren zum großen Teil auch die Probleme Goethes. Wer sich so in die Seele, in das Innenleben einer Person versenkt, gibt ihr eigene Erfahrungen mit. Einige biografische Bezüge werden im Folgenden genannt.

1749–1770   Goethes Jugend

Goethe wurde als Erstes von sechs Kindern geboren und wuchs in Frankfurt in einem wohlhabenden Elternhaus auf. Bildung vermittelten ihm Privatlehrer, bis er 1765 zum Jurastudium nach Leipzig zog. Er folgte dabei dem Willen seines Vaters, denn selber hätte er lieber Literatur studiert. Allerdings hinderte ihn sein Studium nicht daran, Dichtung zu lesen und erste Gedichte zu schreiben. Goethe schätzte wie Werther im Bereich der Kunst nur Wissen, das ihn in seiner Kreativität förderte. Eine schwere Krankheit zwang zur Rückkehr nach Hause. Das Studium setzte er erst 1770 in Straßburg fort. Dort lernte er Johann Gottfried Herder (1744–1803) kennen, der ihn auf Shakespeare und auf Ossians Gesänge aufmerksam machte. In dieser Zeit besuchte Goethe oft das elsässische Städtchen Sesenheim, wo er sich in die Pastorentochter Friederike Brion verliebte, die ein Vorbild für Lotte wurde. Er enttäuschte ihre Erwartungen auf eine Ehe, da er glaubte, sich wegen seiner künstlerischen Pläne nicht binden zu dürfen.

1771–1774   Erste literarische Erfolge

Nach Beendigung seines Studiums in Straßburg ließ Goethe sich 1771 als Doktor der Rechte in Frankfurt nieder, betrieb seine Rechtsanwaltskanzlei aber ohne Ernst. Verstärkt widmete er sich der Literatur: Er übersetzte Ossian aus dem Englischen – wörtliche Passagen finden sich im »Werther« – und dramatisierte die Lebensgeschichte des Raubritters Götz von Berlichingen. Dieses Schauspiel machte ihn sogleich bekannt. Goethe lebte unangepasst: Statt in besseren Kreisen verkehrte er mit unbürgerlichen Literaten, statt Prozesse zu führen, wanderte er lieber singend durch die Natur, deren schöpferische Kraft er verehrte, und vor Gericht wurde er gerügt, weil er zu aggressiv formulierte. 1772 zog Goethe nach Wetzlar, um am Reichskammergericht seine juristischen Erfahrungen zu erweitern. Auch hier nutzte er die Zeit für literarische Studien und las intensiv Homer. 1774 erschien der »Werther«, der ihm europäischen Ruhm einbrachte.

1774–1832   Das weitere Leben

Goethes Jahre kennzeichnete rastlose Tätigkeit, denn in ihr sah er den Sinn des Lebens. Kaum war eine Dichtung vollendet, begann er die nächste, oft schrieb er an mehreren gleichzeitig. Auch auf Reisen – die berühmteste nach Italien dauerte von 1786–1788 – notierte er unentwegt seine Eindrücke. Er zeichnete wie Werther in der Natur und schrieb viele Briefe. Schwerpunkte seines Tuns waren außerdem hohe Ämter im Herzogtum Weimar (Bergbau, Theaterleitung, Staatsminister) sowie wissenschaftliche Studien (Meteorologie, Anatomie, Pflanzenkunde; 1784 Entdeckung des Zwischenkieferknochens beim Menschen). Von seinen Beziehungen zu Dichtern erwies sich die Freundschaft mit Schiller als die produktivste. Mit ihm besprach er literarische Pläne, in Konkurrenz zu ihm dichtete er Balladen. Goethe heiratete 1806 Christiane Vulpius, mit der er vorher 18 Jahre lang zusammenlebte. Er starb im Alter von 82 Jahren. Seine letzten Worte sollen *Mehr Licht* gelautet haben.

»Die Leiden des jungen Werther« ist das Werk eines jungen Autors: Als es 1774 erscheint, ist Goethe keine 26 Jahre alt. Vor seinem ersten Roman hat er Gedichte und das Drama »Götz von Berlichingen« geschrieben, das in ähnlicher Weise den Konflikt eines Individuums mit seiner Zeit thematisiert. Im späteren Werk verschieben sich die Akzente: Goethe fordert eher die Eingliederung des Einzelnen in die Gesellschaft als deren Rücksicht auf ihn, da das Individuum nur so zur Reife kommen könne.

1771	Die Rede »Zum Schäkespears Tag« wird zur Programmschrift des Sturm und Drang. Goethe feiert den in Deutschland noch kaum bekannten Shakespeare als Genie und verlangt eine neue Literatur, die wenig auf Regeln gibt (vgl. »Werther«, S. 15) und ungekünstelt schreibt. Das Ideal der Natürlichkeit soll in Dichtung und Leben gelten.
1771	Goethe schreibt sein erstes Drama: »Götz von Berlichingen«. Er präsentiert den verweichlichten Zeitgenossen als Helden einen harten, aber gerechten und freiheitsliebenden Ritter. Das Stück missachtet die Regeln des klassischen Theaters (die Einheit der Handlung, des Ortes und der Zeit).
1774	Das bekannteste Gedicht aus der Entstehungszeit des »Werther« heißt »Prometheus«. Diese Figur der griechischen Mythologie bringt den Menschen gegen den Willen der Götter das Feuer. In dem Gedicht verachtet Prometheus die Götter, da nicht sie ihn in schwierigen Lagen retteten, sondern das eigene *heilig glühend Herz*. Das zentrale Wort Werthers steht auch hier im Mittelpunkt. Prometheus wurde zum Sinnbild des aufbegehrenden schöpferischen Künstlers.
1786	Mit »Iphigenie auf Tauris« vollzieht Goethe eine Wende vom impulsiven, jugendbewegten zum klas-

sisch reifen Dichten. Diesem ersten Versdrama geht 1779 eine Prosafassung voraus.

1790 Im Drama »Torquato Tasso« kämpft der Titelheld, ein italienischer Dichter der Renaissance, darum, die enttäuschte Liebe zu einer Prinzessin zu überwinden. Goethe sah in Tasso, der dem Wahnsinn nahe ist, einen *gesteigerten Werther*.

1796 Der Roman »Wilhelm Meisters Lehrjahre« beschreibt, wie der Titelheld sich zur harmonischen Gesamtpersönlichkeit entwickelt und seine Individualität in den Dienst der Gemeinschaft stellt.

1797 Im Versepos »Hermann und Dorothea« verliebt sich ein reicher Bürgersohn in ein Flüchtlingsmädchen und heiratet sie trotz ihrer Armut.

1806 Im Versdrama »Faust I« schließt der Titelheld einen Pakt mit dem Teufel: Sollte es Satan gelingen, Fausts rastloses Streben durch einen Augenblick des Glücks zum Stillstand zu bringen, will er ihm seine Seele vermachen.

1809 Im Roman »Die Wahlverwandtschaften« verlieben sich Eduard und Charlotte in neue Partner, verzichten aber auf die Liebe, um ihre Ehe zu erhalten.

1811/13 Da Erinnerungen subjektiv sind, nennt Goethe seine Autobiographie, die wesentliches Material zum »Werther« enthält, »Dichtung und Wahrheit«.

1832 »Faust II« führt aus den privaten Verhältnissen des ersten Teils in große politische und geschichtliche Zusammenhänge. Faust lädt bei diesem Gang durch die Welt Schuld auf sich. Dennoch wird er von Gott erlöst. Die Hoffnung auf ein Fortleben nach dem Tode und damit der auch im »Werther« spürbare Optimismus Goethes behalten das letzte Wort.

1. Buch
4. Mai – 10. September 1771

Wahlheim und Umgebung

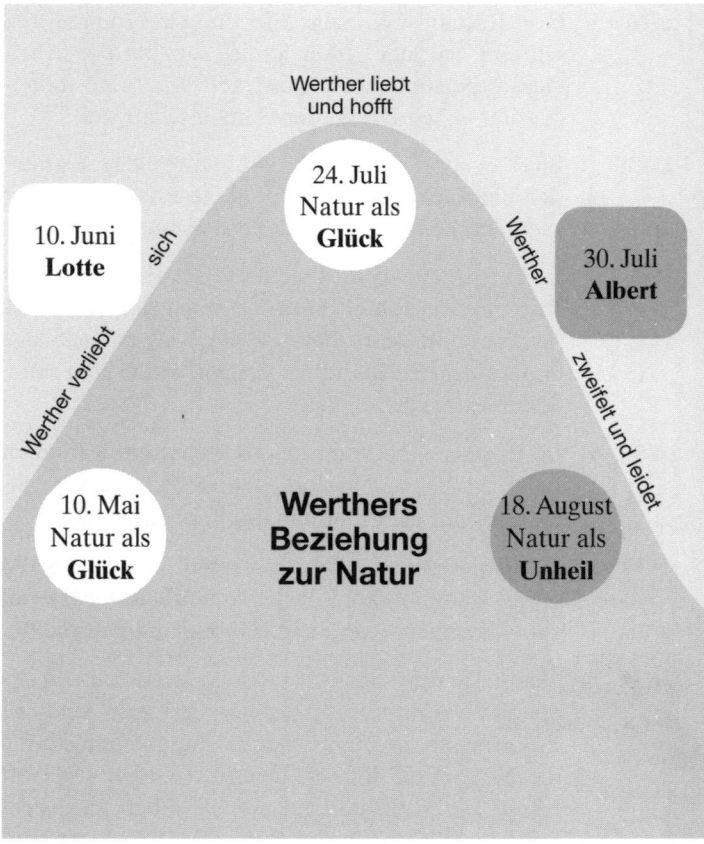

Werther liebt
und hofft

10. Juni
Lotte

24. Juli
Natur als
Glück

sich

Werther

30. Juli
Albert

Werther verliebt

zweifelt und leidet

10. Mai
Natur als
Glück

**Werthers
Beziehung
zur Natur**

18. August
Natur als
Unheil

1771
Frühling/Sommer   **Herbst**

2. Buch
20. Oktober 1771 – 24. Dezember 1772

bei Hofe (20. Okt. 1771 – . Mai 1772)	Heimatstadt (um den 9. Mai 1772)	beim Fürsten (25. Mai – 18. Juni 1772)	Wahlheim und Umgebung (29. Juli – 24. Dez. 1772)

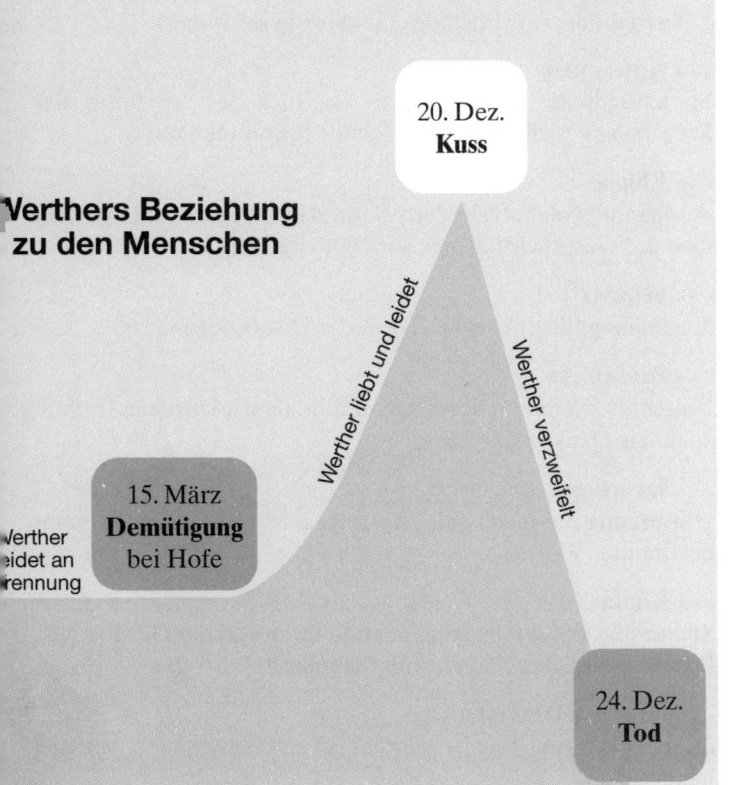

Werthers Beziehung zu den Menschen

20. Dez.
Kuss

Werther liebt und leidet

Werther verzweifelt

15. März
Demütigung
bei Hofe

Werther leidet an Trennung

24. Dez.
Tod

1772

Winter **Frühling/Sommer** **Herbst/Winter**

© Mentor

Allgemeine Charakteristik: Gemäß Werthers eigenen Über-
zeugungen ist seine Sprache möglichst natürlich und damit
möglichst nahe an seinen Empfindungen. Auch wo er rhetorische Mittel verwendet, dienen sie nicht dem Ausweis literari-
scher Bildung oder der kalkulierten Wirkung auf den Leser,
sondern sind spontane Gefühlsäußerungen.

Rhetorische Figuren

••• Hyperbel
Übertreibung, Ausdruck des Gefühlsüberschwangs

••• Aposiopese
Sprachfigur des Verstummens, Ausdruck des Scheiterns der
Sprache angesichts überwältigender Empfindungen

••• Ellipse
Auslassung von Satzgliedern, Satzverkürzung, vertraut darauf,
dass der Gesprächspartner den Sinn ergänzt

••• Sentenz
allgemein gültige Aussage, Form der Distanzierung

••• Parenthese
Einschub, Klammer; der Satzbau folgt dem spontanen Einfall,
zeigt das Denken in Aktion

••• Inversion
Umstellung der normalen Wortfolge, dient der Heraushebung
bestimmter Wörter

••• Klimax
Steigerung, drückt die zunehmende Intensität des Gefühls aus,
Formulierung des Nachdrucks (Emphase)

••• Häufung/Wiederholung
dieselbe Wirkung wie bei Klimax, ist aber spontaner, weniger
beherrscht

Es ist ein Vorurteil, dass die Alltagssprache rhetorische Figuren nicht kennen würde, gerade sie kennt – wie Werther – das Bedürfnis nach Anschaulichkeit, Nachdruck und Übertreibung.

Textbeispiele

• • • • • *ich weiß weder daß Tag noch daß Nacht ist, und die ganze Welt verliert sich um mich her* (S. 31, Z. 11–13)

• • • • • *Ich riß mich von ihr weg, und – Gott! du siehst mein Elend, und wirst es enden.* (S. 111, Z. 3–5)

• • • • • *O wenn ich Fürst wäre! ich wollte die Pfarrerin, den Schulzen und die Kammer – Fürst!* (S. 98, Z. 9–10)

• • • • • *Es ist doch gewiß, daß in der Welt den Menschen nichts notwendig macht als die Liebe.* (S. 59, Z. 2–3)

• • • • • *[...] und doch – O mein Bruder! – können wir gereifte Früchte vernachlässigen [...]?* (S. 64, Z. 10–11)

• • • • • *und von allen Inversionen, die mir manchmal entfahren, ist er ein Todfeind* (S. 73, Z. 12–13)

• • • • • *das ist so wahr, menschlich, innig, eng und geheimnisvoll* (S. 87, Z. 33, S. 88, Z. 1)

• • • • • *Was man ein Kind ist! Was man nach so einem Blicke geizt! Was man ein Kind ist!* (S. 41, Z. 17–18)

Die Vorbilder

Wie im Kapitel zum Autor bereits gezeigt, beruht vieles im »Werther« auf Goethes eigenem Erleben. Vor allem beeinflussten den Roman:

– die Besuche bei Friederike Brion in Sesenheim 1770/71,
– die Erfahrungen in Wetzlar 1772.

In Sesenheim ging Goethe mit Friederike im Mondschein spazieren, er genoss ihr Musizieren am Klavier und amüsierte sich beim Pfänderspiel. Die wesentlichen Ereignisse des Romans haben aber kein Vorbild in der Sesenheimer Zeit, sie gehen auf den Aufenthalt in Wetzlar zurück. Die seelischen Qualen eines Dreiecksverhältnisses spürte Goethe erst hier, wo er sich in Charlotte Buff, die Braut des Legationsrats Kestner, verliebte. Beide lernte er unabhängig voneinander kennen und wusste darum, als er Charlotte auf einem Tanzabend traf, nicht, dass sie mit Kestner verlobt war. Charlotte betreute die 12 Geschwister, weil ihr Vater Witwer war, und schnitt ihnen – wie Lotte – das Brot. Weitere Parallelen zwischen Roman und Realität bestehen darin, dass Goethe einen Schattenriss seiner Angebeteten besaß und das letzte Gespräch vor seiner Abreise vom Leben nach dem Tod handelte. Im Gegensatz zu Werther kehrte Goethe nicht zu Charlotte zurück, sondern verarbeitete seine unglückliche Liebe literarisch.

Für den tragischen Ausgang hielt er sich an das Schicksal eines jungen Mannes, den er flüchtig kannte: Karl Wilhelm Jerusalem erschoss sich im Oktober 1772 in Wetzlar, weil seine Liebe zu einer verheirateten Frau nicht erwidert wurde. Goethe, der Wetzlar bereits verlassen hatte, ließ sich die Einzelheiten brieflich von Kestner schildern. Von ihm erfuhr er, dass Jerusalem Probleme mit Vorgesetzten hatte und wegen seines Standes einmal von einer wichtigen Gesellschaft verwiesen wurde. Aus Kestners Briefen übernahm Goethe einige Formulierungen wörtlich in seinen Roman.

Die zwei Fassungen

Goethe hat »Die Leiden des jungen Werther« überarbeitet. Die erste Fassung schrieb er in kurzer Zeit Anfang 1774 nieder, im Druck erschien sie im selben Jahr. Doch er war damit unzufrieden, wie der Roman gelesen wurde: Das Publikum identifizierte sich zu stark mit Werther und interessierte sich mehr für die lebenden Vorbilder als für den Kunstcharakter des Buches. Außerdem traf ihn die Kritik Kestners, der sich über die zu negative Charakterisierung der Figur des Albert beschwerte. Zunächst versuchte Goethe die Leser des Romans nur durch kurze Verse zu beeinflussen, die er den zwei Teilen voranstellte. In ihnen distanzierte er sich vom Helden:

> *Sieh, dir winkt sein Geist aus seiner Höhle:*
> *Sei ein Mann, und folge mir nicht nach.*[1]

Von 1781 an plante Goethe eine neue Fassung, schloss sie aber erst 1786 ab. Er fügte die Episode mit dem Bauernburschen ein und stellte Albert positiver dar. Der über den Kanarienvogel vermittelte Kuss verdeutlicht nun, dass Lotte Werther Hoffnungen macht (S. 96). Außerdem gestaltete Goethe den Herausgeber im Schlussteil auktorialer. Sprachliche Eigenarten des Sturm und Drang tilgte er, so das Auslassen von Vokalen und Anfangssilben, welches die Ausdrücke kraftvoller erscheinen lassen sollte. Hierbei spielt eine Rolle, dass seit 1779 ein Raubdruck auf dem Markt war, in dem man eigenmächtig in den Text eingegriffen hatte. Goethe bezog sich in der neuen Fassung auf ihn, da ihm die Ursprungsfassung nicht vorlag. Insgesamt wirkt die Fassung von 1786 lesbarer, dem Stilideal der Klassik näher. Gleichwohl ist sie es, die in der Schule benutzt wird und als Beispiel für Sturm und Drang bzw. Empfindsamkeit gilt. Die Zeitgenossen Goethes haben sie kaum zur Kenntnis genommen, für sie blieb die erste Fassung unübertroffen.

---

1 Goethe: Sämtliche Werke Bd. 8, hrsg. v. W. Wiethölter, Deutscher Klassiker Verlag, Frankfurt a. M. 1994, S. 917.

Goethes Roman weist Merkmale aus zwei literarischen Strö-
mungen auf und wird daher in der Literaturgeschichte einmal
der Empfindsamkeit, ein andermal dem Sturm und Drang zu-
geordnet. Da beide nur vor dem Hintergrund der Aufklärung
zu verstehen sind, sei auch sie hier kurz vorgestellt.

Aufklärung (etwa 1720–1780)

Im 18. Jahrhundert löste sich Europa aus den engen Bindun-
gen ans Christentum. Die Bedeutung der Religion sank – zunächst für die Gebildeten. Widersprüche in der Bibel und Fort-
schritte in der rationalen Welterklärung erschwerten es, den
Glauben beizubehalten. Auch Goethe war kein religiöser
Mensch. Es wurde wichtiger, dass die Menschen sich für und in
der Welt bildeten, als dass sie ihr Leben aufs Jenseits ausrich-
teten. Von England und Frankreich kamen neue Überzeugun-
gen nach Deutschland:

✔ Gott wird als Schöpfer anerkannt, er greift aber nicht in
den Weltlauf ein; es gibt keine Wunder (Deismus).

✔ Die Menschen sind Vernunftwesen und durch Vernunft
lenkbar (Rationalismus).

✔ Da der Wahrheitsanspruch der Religionen rational nicht
entscheidbar ist, fordert man Friedfertigkeit und Toleranz.

✔ Literatur und Kunst belehren auf angenehme Weise, sie
dienen den Zielen der Aufklärer (didaktische Literatur).

Empfindsamkeit (1740–1780)

Im aufklärerischen Menschenbild stehen Vernunft und Moral
im Vordergrund, Gefühl und Leidenschaft kommen etwas zu
kurz. Unter dem Einfluss englischer (Samuel Richardson,
1689–1761) und französischer Autoren (Jean-Jacques Rousseau, 1712–1778) versucht man auch in Deutschland, diese
Einseitigkeit auszugleichen, ohne die aufklärerischen Ideen –
zumal die Zuwendung des Menschen zum Irdischen – zu ver-
werfen. Besonders wichtig ist dabei Friedrich Gottlieb Klop-

stock (1724–1803): Mit seinen Gedichten und dem Epos »Messias« wird er zum Vorbild einer ganzen Generation. Seine Themen Liebe, Freundschaft, Natur prägen den jungen Goethe, der Klopstocks Bedeutung ausdrücklich würdigte:

> *Nun sollte aber die Zeit kommen, wo das Dichtergenie sich selbst gewahr würde, sich seine eignen Verhältnisse selbst schüfe und den Grund zu einer unabhängigen Würde zu legen verstünde. Alles traf in Klopstock zusammen, um eine solche Epoche zu begründen.*[1]

In der Vorliebe für ihn erkennen Lotte und Werther sich als seelenverwandt.

Sturm und Drang (1767–1785)

Die Epoche heißt nach einem Schauspiel (1776) von Friedrich Maximilian Klinger und wird manchmal auch „Geniezeit" genannt. Die wesentlichen Autoren neben Goethe sind: Jakob Michael Reinhold Lenz (1751–1792) mit seinen Theaterstücken »Der Hofmeister« und »Die Soldaten« sowie Friedrich Schiller (1759–1805) mit »Die Räuber« und »Kabale und Liebe«. Auch der Sturm und Drang betont die emotionale Seite am Menschen und folgt dem Grundsatz von Johann Georg Hamann (1730–1788): Alles was ein Mensch unternehme, müsse aus sämtlichen vereinigten Kräften hervorgehen.[2] Ganzheitlichkeit wird zum Ideal, kraftvolle, die Welt prägende Tätigkeit zum Maßstab. Man kritisiert die Gängelung der Gefühle durch die Vernunft und die Doppelmoral des Adels. Das Individuum und sein Freiheitsbedürfnis stehen im Vordergrund. Es leidet an den Schranken der Gesellschaft, ohne dass konkrete Utopien als Alternative gezeigt würden.

---

1 Goethe: Werke Bd. 9, hrsg. v. E. Trunz, Hamburg 1955, S. 398 (»Dichtung und Wahrheit«, 10. Buch).
2 ebenda, S. 514.

Elemente der Empfindsamkeit

••• Die Dichtung will – als Ausgleich zur von der Aufklärung geforderten Lehrhaftigkeit – moralische oder religiöse Gefühle darstellen und wecken.

••• Sie bevorzugt gefühlvolle Sprache (Ausrufe, Seufzer).

••• Der Held neigt zur Selbstbeobachtung und zum Nachdenken. Er sympathisiert mit dem und den Kleinen.

••• Übertreibungen gilt es zu meiden. Zärtlichkeit und Mitleid, Wohlwollen und Sympathie sind erwünscht, Leidenschaft und Schwärmerei unerwünscht.

Elemente des Sturm und Drang

••• Die Gesellschaft und ihre Standesgrenzen werden kritisiert. In Übereinstimmung mit der Aufklärung erscheinen Fürsten und Adelige mit ihren Konventionen und in ihrer Abgrenzung vom Volk als unnatürlich und lasterhaft.

••• Das Individuum tritt in den Vordergrund, man feiert es als Kraftkerl oder Genie. Selbstverwirklichung ist das Ziel.

••• Der Künstler gilt als Ideal. Er ist ein zweiter Gott und schafft aus dem Erleben, ohne sich an Regeln zu halten.

••• Die Natur wird nicht mit wissenschaftlicher Neugier betrachtet, sondern als Offenbarung Gottes erfahren.

Textbeispiele

•••• Die Vorbemerkung nimmt an, dass der Leser dem Schicksal Werthers seine Tränen – d. h. sein Mitleid – nicht versagen werde (S. 3). Werther selber bricht leicht in Tränen aus (vgl. S. 30, 62, 67, 70, 110) und begeistert sich an seiner Seelenverwandtschaft mit Lotte (S. 30).

•••• Die Ausrufezeichen (S. 11, 13) und Werthers Vorliebe für die Begriffe „Herz" und „Seele" sind Hinweise.

•••• Werther wendet sich dem eigenen Innenleben zu (S. 12/13). Er neigt zu Sentenzen, z. B. über Glück (S. 13) oder üble Laune (S. 36f.), liebt Tiere und Kinder.

•••• Werthers Überschwang wird von Wilhelm (S. 18) und Lotte (S. 39, 103) kritisiert.

•••• Werther kritisiert die Abgrenzung der Höhergestellten vom Volk (S. 9) und gilt selber als unstandesgemäßer Umgang (S. 82). Er preist das tiefe Gefühl bei Menschen, die man ungebildet oder roh nennt (S. 94).

•••• Werther verteidigt die Leidenschaft des Liebenden und des Künstlers gegen die Durchschnittlichkeit (S. 16). Er lehnt Arbeit als bloßes Mittel zum Broterwerb ab (S. 46).

•••• Für Werther bildet Natur den Künstler (S. 15). Er lehnt die sprachlichen Vorschriften des Gesandten ab (S. 73).

•••• Im Gras liegend, fühlt Werther Gottes Gegenwart in einer Weise, die sprachlich nicht fassbar ist (S. 7). Er wendet sich gegen Wissenschaft und Gelehrsamkeit (S. 6, 9, 11/12).

»Die Leiden des jungen Werther« gehören zu der für das 18. Jahrhundert typischen Gattung des Briefromans, der in manchem dem Tagebuch ähnelt.

Der Briefroman

✔ berichtet die Geschehnisse in Form von Briefen und damit aus der Perspektive einer Person. Dazu treten Antwortbriefe oder Dokumente und Kommentare eines fiktiven Herausgebers,

✔ komponiert die Ereignisse nicht sehr streng. Äußere Eindrücke, eigene Empfindungen und allgemeine Reflexionen folgen unvermittelt aufeinander, da der Briefschreiber sich spontan äußert,

✔ erzählt nicht kontinuierlich, sondern in Zeitsprüngen, die aus dem Datum der Briefe ersichtlich werden,

✔ gewährt durch die Ich-Form unmittelbaren Einblick in das Seelenleben des Briefschreibers und wirkt daher realistisch und authentisch (echt).

»Werther« als Briefroman

Der Roman besteht aus den Briefen Werthers, die bis auf wenige an seinen Freund Wilhelm gerichtet sind. Im zweiten Teil treten erzählende Partien des Herausgebers hinzu, von dem auch die Vorbemerkung stammt.

Werther fällt es manchmal schwer, in chronologischer Reihenfolge zu erzählen (S. 20). Er kann sich so ereifern, dass er vergisst, das zu erzählen, was er erzählen wollte (S. 16), und fühlt sich so zu Lotte hingezogen, dass er das Briefeschreiben unterbricht, um zu ihr zu eilen (S. 21).

Der deutlichste Zeitsprung liegt zwischen den zwei Büchern: 10. September bis 20. Oktober 1771.

Der Leser erlebt alle Stadien der Gefühlsentwicklung Werthers mit, sogar seine Bekenntnisse, dass ihn schaudert, wenn Albert Lotte umfasst (S. 90), und dass er wünscht, Albert möge sterben (S. 91). In seiner Spontaneität schreibt Werther offen und ehrlich. Er versucht nicht, eigene Schwächen zu verschweigen und nur seine besten Seiten zu zeigen. Selbstkritisch gesteht er ein, sich närrisch aufzuführen (S. 49) oder wankelmütig zu reagieren (S. 91).

Literaturgeschichtliche Einordnung

Drei berühmte Briefromane seiner Zeit beeinflussten Goethe vor allem:

– Samuel Richardsons »Geschichte der Pamela oder die belohnte Tugend eines Frauenzimmers« (1740),

– Jean-Jacques Rousseaus »Julie oder Die neue Heloise. Briefe zweier Liebender aus einer kleinen Stadt am Fuße der Alpen« (1761) und

– Sophie von La Roches »Geschichte des Fräuleins von Sternheim« (1771).

In allen drei Romanen stoßen – wie im »Werther« – bürgerliche Helden gegen Standesgrenzen, stehen Herz und Tugend höher als Herkunft und gesellschaftlicher Rang.

Voraussetzung für die Popularität der Gattung im 18. Jahrhundert war einerseits die Unterstützung der bürgerlichen Moral gegen den Adel, andererseits das erwachende Interesse an Individualität und Psychologie. Dies hing mit der christlichen Praxis der Gewissenserforschung zusammen: Man musste sich täglich kritisch fragen, welche Sünden man begangen hatte, um sie bereuen und sich bessern zu können. Nur so verringerte man die Gefahr, ins Fegefeuer oder in die Hölle zu kommen. Dieses religiöse Motiv förderte die Zuwendung der Menschen zum eigenen Innenleben und damit zum Irdischen.

Allgemeine Wirkungsgeschichte

»Die Leiden des jungen Werther« gehören zu den erfolgreichsten Büchern des 18. Jahrhunderts. Sie machten Goethe sofort in ganz Europa berühmt und hatten Folgen, wie sie heute eher von einem Film als von einem Buch ausgelöst werden. Dies hängt damit zusammen, dass das Publikum durch die Bibel und christlich belehrende Texte gewohnt war, Gelesenes auf das eigene Leben zu beziehen. Da es keine Konkurrenz durch die Medien gab, prägte ein Roman die Fantasie so wie heutzutage bewegte Bilder. Lesen konnte ein Ereignis sein, dass die Person veränderte. Das Publikum bewunderte den »Werther« weniger als Kunstwerk, sondern begeisterte sich an ihm als an einem unmittelbaren Ausdruck des Lebens. Unzählige Ausgaben erschienen in kurzen Abständen. Man sprach über den Roman, man wies auf ihn hin, man las ihn vor. Eine Werther-Kleidermode entstand: Man trug eine gelbe Weste, einen blauen Frack mit Messingknöpfen, braune Stulpenstiefel und einen Filzhut (S. 95). Dazu ließ man das Haar locker und ungepudert.

Ein Roman konnte die Denk- und Fühlweisen des Publikums entscheidend beeinflussen. Er war mehr als ein Freizeitvertreib oder Teil einer äußerlich bleibenden Bildung. Deshalb gab es auch negative Reaktionen. Die christlichen Kirchen, die im Romanlesen eine unliebsame Konkurrenz zur erwünschten Lektüre, dem Lesen der Bibel und von Erbauungsliteratur, erblickten, witterten Gefahr. Man wollte das Buch wegen unmoralischer Tendenzen verbieten lassen. Anstößig waren

– die Liebe zu einer verheirateten Frau,
– das Verständnis für einen Selbstmörder,
– die Vergöttlichung der Natur und die Vernachlässigung der Bibel (an ihre Stelle treten Homer oder Ossian),
– die Kritik am Adel und damit indirekt an der Auffassung, dass die gesellschaftliche Hierarchie von Gott stamme.

Bekannt ist die Wirkung auf Napoleon, der den Roman siebenmal las und ihn auf seinen Feldzug nach Ägypten mitnahm. Als er 1808 Erfurt besuchte, sprach er mit Goethe nicht über den bereits erschienenen »Faust«, sondern über »Die Leiden des jungen Werther«. Goethe wurde es bald leid, immer auf dieses Werk angesprochen zu werden, so wie Schauspieler es nicht mögen, mit einer einzigen Filmrolle identifiziert zu werden. Von sich aus kam er darum später selten auf den Text zu sprechen.

Literarische Wirkungsgeschichte

Besonders wirkte das Buch auf die in- und ausländische Literatur der Zeit. Es entstanden die sogenannten »Wertheriaden«: Romane, deren empfindsame Helden die konfliktreiche Liebe zu einer verheirateten Frau durchleben. Manche Autoren griffen den Inhalt des Romans konkret auf: Sie schilderten die Ereignisse aus der Sicht Lottes oder malten das weitere Schicksal der Überlebenden aus. Dabei wurde Goethes tragischer Schluss oft abgemildert. Beliebt waren Gedichte, welche Lottes Klage am Grab des toten Werther zum Inhalt hatten.

Es gab aber auch spöttische Reaktionen. Die bekannteste in der deutschen Literatur ist die kurze Parodie (= ins Lächerliche ziehende Nachahmung einer literarischen Vorlage) »Die Freuden des jungen Werthers« (1775) von Friedrich Nicolai.[1] Hier missglückt Werthers Selbstmord, denn Albert hat Hühnerblut in die Pistole gefüllt. Er rettet ihm also das Leben und verzichtet obendrein auf Lotte, so dass Werther sie heiraten kann. In einer Fortsetzung lässt Nicolai Werther die Rolle wechseln: Er muss als Ehemann zusehen, wie Lotte die Komplimente eines Verehrers duldet. Das hält er nicht aus und es kommt zur Trennung, bis Albert die Versöhnung herbeiführt. Schließlich kommt Werther durch Fleiß zu einem Hof, auf dem er Obst und Gemüse anbaut und mit seinen acht Kindern und Lotte ebenso bürgerlich wie glücklich lebt.

---

1 Friedrich Nicolai: Freuden des jungen Werthers – Leiden und Freuden Werthers des Mannes, mit Materialien hrsg. von Wilhelm Große, Editionen Klett, Stuttgart 1980.

1973 veröffentlichte Ulrich Plenzdorf in der damaligen DDR seinen Roman »Die neuen Leiden des jungen W.«[1]

In ihm stößt ein Jugendlicher namens Edgar Wibeau in einer unbewohnten Ostberliner Laube auf ein altes Reclamheft ohne Titelblatt und liest es in einem Zug durch. Es handelt sich um Goethes »Die Leiden des jungen Werther«. Inhalt und Sprache schrecken ihn ab: Er kritisiert den *unmöglichen Stil* (S. 19) und versteht Werthers Selbstmord nicht:

> *Schießt sich ein Loch in seine olle Birne, weil er die Frau nicht kriegen kann, die er haben will, und tut sich ungeheuer leid dabei.* (S. 36)

An Werthers Stelle hätte er alles versucht, um Charlotte zu erobern. Obwohl ihm der Roman also fremd bleibt, weiß Edgar wichtige Stellen sofort auswendig, mehr noch, er entdeckt, wie oft er sie einsetzen kann, um eigene Gefühle wiederzugeben.

Plenzdorf erklärt diesen Widerspruch durch die Handlung seines Romans. Sie besteht in wichtigen Teilen aus einer Übertragung von Situationen und Erlebnissen Werthers in die Gegenwart der 70er Jahre.

Edgar Wibeau ist der einzige Sohn einer allein erziehenden Mutter und Lehrling in einer Werkstatt. Seine Leistungen und sein Verhalten sind vorbildlich, bis er eines Tages ein Werkstück nicht mit der Hand feilt, sondern dies von einem Automaten erledigen lässt. Im darauf folgenden Streit mit seinem Ausbilder verletzt ihn Edgar. Danach „schmeißt" er die Lehre, verlässt das heimatliche Mittenberg und geht nach Berlin, wo er in einer Gartenkolonie für einige Zeit unterschlüpft. Aus Berlin schickt er seinem Freund Willi Tonbänder, auf die er Zitate aus Goethes Roman spricht, um ihn über seine Erlebnisse zu informieren. Dies ist deshalb möglich, weil er sich schnell in derselben Situation befindet wie Werther. Er lernt eine Kindergärtnerin kennen, inmitten der Schar ihr anvertrauter Kinder, und verliebt sich sofort in sie. Nach einigen Tagen kommt

1 2. Aufl. Frankfurt a. M. 1976 (= Suhrkamp Taschenbuch Nr. 300)

ihr Verlobter, der in der DDR-Armee gedient hat, zurück, wohnt wieder mit ihr zusammen und nimmt sein Studium der Germanistik auf. Er hat wenig Zeit für seine »Charlie«, denn er muss viel nachholen.

Wie Werther hat auch Edgar den Eindruck, seine große Liebe habe sich für den falschen Mann entschieden. Charlotte hat ihrer Mutter auf dem Totenbett kein Versprechen gegeben, auch sind die Kinder, die sie betreut, nicht ihre Geschwister. Insofern könnte sie die Verlobung leichter lösen. Sie tut es aber nicht, denn sie hält Edgar für zu unzuverlässig, zu unreif. Sie fordert ihn auf, eine Arbeit anzunehmen und nicht in den Tag hineinzuleben. Da er Geld braucht, folgt Edgar ihrem Rat und schließt sich einem Malerkollektiv an. Auch hier gerät er in Konflikte, weil einige Kollegen seine provozierende Art nicht vertragen. Nur einer, Zaremba, hält zu ihm und sorgt dafür, dass er bleiben kann. Er will den individualistischen Edgar zum nützlichen Mitglied der Gesellschaft erziehen.

Plenzdorf ist der Auffassung, dass der Einzelne nur in adeligen oder bürgerlichen Gesellschaften Grund hat, sich gegen Normen und Konventionen zu empören, nicht aber im Sozialismus, der eine humane Gleichheit anstrebt. Zaremba hat Erfolg, und Edgar bemüht sich ehrgeizig um das Projekt der Gruppe, eine nebelfreie Farbspritzpistole zu konstruieren, die auf dem Weltmarkt einzigartig wäre. Allerdings will Edgar diese Erfindung auf eigene Faust machen, er experimentiert in seiner Laube mit völlig unzureichenden Mitteln und stirbt an einem Stromschlag.

Plenzdorf lässt seinen Helden die Ereignisse in der Ich-Form erzählen. Er benutzt dabei die Fiktion, dass Edgar vom Jenseits aus die Bemühungen seines Vaters kommentiert, nachträglich Informationen über den verunglückten Sohn einzuholen. Dadurch ergibt sich ein reizvolles Nebeneinander von Gesprächen, die der Vater mit Willi, Charlotte u. a. führt, und den Richtigstellungen Edgars. Der Roman ist im Jugendjargon geschrieben.

Wort- und Sacherklärungen

S. 8	*Melusine*	Wassergeist
	patriarchalische Idee	Vorstellung vom Zusammenleben der Generationen
S. 10	*Kringen*	Kopfpolster zum Tragen
S. 11	*Batteux, Wood usw.*	Kunsttheoretiker
S. 14	*durch Biskuit und Kuchen und Birkenreiser regiert werden*	mit Zuckerbrot und Peitsche erziehen
S. 15	*die geilen Reben*	die üppigen Reben
	Philister	Spießer
S. 16	*Kollegium*	hier: Behörde
S. 17	*die Scharre*	Rest im Topf
S. 18	*inkommodieren*	belästigen
	gebosselt	künstlich gestaltet
S. 25	*Contretanz*	Tanz mit zwei Paaren
S. 26	*Menuett*	Paartanz
	Chapeau	Tanzpartner
S. 32	*Labsal*	Trost, Erfrischung
	Penelope	griech. Sagenfigur, Gattin des Odysseus
S. 33	*Drahtpuppe*	Marionette
	Kräusel	Faden
S. 34	*radotieren*	faseln, schwatzen
S. 37	*Resignationen*	Entbehrungen
S. 38	*mich deucht*	mir scheint
	vergällen	verderben
S. 42	*Filz*	Knauser, Geizhals
S. 43	*Losung*	Einnahmen
S. 44	*Grillen*	Launen
S. 45	*Phantome*	Illusionen
	das Surtout	Jacke
S. 46	*Subordination*	Gehorsam
S. 47	*sich prostituieren*	sich blamieren
S. 49	*Prätension*	Anspruch
	Strohmänner	Dummköpfe
S. 52	*dahlen*	tändeln, albern
	Maus	Daumenmuskel

S. 53	*limitieren*	einschränken
S. 59	*Inzidentpunkt*	Nebensache
S. 63	*in Duodez*	im Kleinformat
S. 66	*Boskett*	Buschwerk
S. 67	*Kabinett*	hier: Ort
S. 72	*lavieren*	kreuz und quer fahren
S. 73	*Inversion*	Umstellung im Satzbau
	Periode	Satzkonstruktion
	Widerpart halten	widersprechen
S. 74	*Belletristik*	Schöngeist
	Deraisonnement	sinnloses Gerede
S. 75	*verpalisadieren*	einschließen
S. 77	*Schloßen*	Hagelkörner
S. 80	*er distinguiert mich*	er bevorzugt mich
S. 81	*Schnürleib*	Mieder, Korsett
	in qualitate	seinem Ansehen nach
	übel fourniert	schlecht gekleidet
	altfränkisch	altmodisch
S. 82	*Ulyß*	Odysseus, griech. Sagenheld
S. 85	*in einem Säftchen beibringen*	schonend beibringen
	Lamentation	Klage
S. 97	*melieren*	sich einmischen
	Kennikot, Semler, Michaelis	bekannte Bibelkritiker
S. 98	*Schulze*	Gemeindevorsteher
	die Suppen fett machen	Profit einbringen
S. 99	*Barde*	altkeltischer Sänger
S. 103	*Exzesse*	Ausschweifungen
S. 105	*Litanei*	hier: Liste
	Widerschall	Echo
S. 107	*die Generalstaaten*	die als reich geltenden Niederlande

Ausführliche Wort- und Sacherklärungen finden Sie im Reclam-Band von Kurt Rothmann und im Anhang der Ausgabe sämtlicher Werke Goethes im Deutschen Klassiker Verlag (vgl. unten S. 42) auf S. 961–972.

Goethe, Johann Wolfgang: Die Leiden des jungen Werther, hrsg. v. Erich Trunz, dtv Klassik 2048, München 1985 [nützliche, mit gründlichen Anmerkungen versehene Ausgabe].

Goethe, Johann Wolfgang: Sämtliche Werke in 40 Bänden, I. Abteilung Bd. 8 (Werther, Wahlverwandtschaften, kleine Prosa, Epen), hrsg. v. Waltraud Wiethölter, Deutscher Klassiker Verlag, Frankfurt a. M. 1994 [besonders empfehlenswerte Edition, wegen des hohen Preises nur in großen Bibliotheken einzusehen].

Rothmann, Kurt: Johann Wolfgang Goethe. Die Leiden des jungen Werther, Reclams Universal-Bibliothek Nr. 8113, Stuttgart 1995 [enthält ausführliche Wort- und Sacherläuterungen sowie Dokumente zur Entstehungs- und Wirkungsgeschichte].

Zwei für die Schule gedachte, ausführliche, teilweise anspruchsvolle Interpretationen:

Blessing, Stefan: Johann Wolfgang Goethe, Die Leiden des jungen Werther, Diesterwegs Grundlagen, 2. Aufl. Frankfurt a. M. 1986.

Siepmann, Thomas: Johann Wolfgang von Goethe, Die Leiden des jungen Werther, Klett Lektürehilfen, Stuttgart/Dresden 1993.

Steinmetz, Horst: Moderne Literatur lesen. Eine Einführung, Beck'sche Reihe, München 1996 [erklärt auf S. 129–140 gut die große Bedeutung des »Werther« als erstem deutschen modernen Roman: Da der Glaube an eine objektive, von Gott garantierte Ordnung schwindet, bildet das Individuum seine subjektive Weltsicht aus].

Borries, Ernst und Erika von: Aufklärung und Empfindsamkeit, Sturm und Drang, Deutsche Literaturgeschichte Bd. 2, dtv 3342, München 1991 [führt gut lesbar in die Epoche ein und zeigt das Zusammenspiel der parallel laufenden literarischen Strömungen].

Inter-pretation

So beliebt das Interpretieren bei Lehrern ist, weil sie den Eindruck haben, eine eigenständige geistige Leistung zu verlangen, so unbeliebt ist es häufig bei Schülern, weil sie den Eindruck haben, unterschiedlichen und manchmal unklaren Anforderungen ausgesetzt zu sein.

Oft meint Interpretation einfach eine Erklärung schwieriger Wörter und Sätze oder die Klärung des Romaninhalts. Meist aber ist es der zusammenfassende Begriff für eine Reihe verschiedener Gesichtspunkte. Der Schüler soll z. B. einen Textauszug unter einer Fragestellung analysieren, die Zeitstruktur des Geschehens untersuchen, Personen charakterisieren, sprachliche Mittel beschreiben usw.

Es stimmt: „Interpretation" meint eine Vielzahl einzelner Arbeitsschritte und – eventuell – ihre Zusammenfassung in einer Hauptthese. Sie setzt gute Textkenntnisse voraus, da man Strittiges oft nur durch den Kontext (er)klären kann.

Welche Aspekte der Interpretation bieten die folgenden Kapitel?

»Die Leiden des jungen Werther« lässt sich unter so vielen Aspekten lesen, dass nicht alle hier behandelt werden können. Zu folgenden Fragen, die für das Verständnis wichtig sind, erhalten Sie hier Anregungen:

✔ Wie lassen sich die Hauptpersonen charakterisieren?
✔ Welche Auffassung von Kunst und Literatur hat Werther?
✔ Wie steht Werther zur Gesellschaft seiner Zeit?
✔ Wie steht Werther zur Religion?

Auch die Aufgaben mit Lösungstipps ab S. 60 enthalten Informationen, die der Interpretation dienen.

1. Charakterisierung der Hauptpersonen

Werther

Da der Roman zur Hauptsache aus Werthers Briefen an Wilhelm besteht, fehlen dem Leser Vorkenntnisse: Man erfährt nichts Genaues über Werthers Aussehen, sein Alter oder seinen Werdegang. Vermutlich ist er jünger als zwanzig und von ansprechendem Aussehen, denn er gefällt nicht nur Lotte (vgl. S. 5). Von seiner Familie werden nur Mutter und Tante erwähnt. Männliche Verwandtschaft fehlt! Werther bleibt **ohne soziales Umfeld**; er ist auf sich gestellt und einer neuen Lebenssituation ausgesetzt. Ohne die Zwänge von in der vertrauten Umgebung gewohnten Rollen kann er sich selber leben. Dies fördert die Möglichkeit der Identifikation für den Leser.

Werther besitzt **weitläufige Kenntnisse** – er hat Griechisch, die Sprache der klassischen, auf das Altertum als Vorbild bezogenen Bildung gelernt und kennt berühmte Kunsttheoretiker (S. 11) ebenso wie anerkannte Theologen der Zeit und ihre Diskussion über die Echtheit der Bibel (S. 97). Er neigt zur **Reflexion**, zur gedanklichen Erfassung der Welt, wie seine Vorliebe für **Sentenzen** bestätigt (vgl. S. 12, 34, 59, 76, 88, 90). Allerdings steht er **der Wissenschaft skeptisch gegenüber** und setzt eher auf sein Gefühl als auf den Verstand. Er betont, nicht ein *wissenschaftlicher Gärtner, sondern ein fühlendes Herz* (S. 6) habe einen Garten angelegt, und glaubt, der Fürst sei in seinen Gefühlen durch *das garstige wissenschaftliche Wesen* eingeschränkt (S. 89). Werther würde als Schüler von heute nicht die Naturwissenschaften belegen, sondern musische Fächer. Seine **künstlerische Begabung** zeigt sich darin, dass er zeichnet und die Literatur liebt, zumal Homer und Ossian, den er auch übersetzt (S. 130).

Um sein finanzielles Auskommen braucht Werther sich nicht so sorgen, er stammt aus einer Familie des **gehobenen Bürgertums**. Nicht um Geld zu verdienen, tritt er in die Dienste des Gesandten, sondern weil er von Lotte weg will. Seine soziale Lage erklärt seine Einstellung zur Arbeit.

Er kritisiert die Menschen, wenn er sieht,

> *wie alle Wirksamkeit dahinaus läuft, sich die Befriedigung von Bedürfnissen zu verschaffen, die wieder keinen Zweck haben, als unsere arme Existenz zu verlängern [...]. (S. 12)*

Das Leben ist seiner Ansicht nach zu schade dafür, um es mit Arbeit auszufüllen, deren Nutzen nur darin besteht, am Leben zu bleiben. Werther leidet darunter, wie viele Kräfte in ihm verkommen (S. 11). Er sehnt sich danach, **alle seine Fähigkeiten produktiv** werden zu lassen und nicht im Einerlei eines Berufes zu verkümmern – eine moderne Überzeugung, die sich durch den allgemeinen Wohlstand verbreitet hat.

Werther nennt sich selbst **unstet** und **unruhig** (S. 9, 48). Er ist gewohnt, Wünschen und Launen nachzugeben:

> *Auch halte ich mein Herzchen wie ein krankes Kind; jeder Wille wird ihm gestattet. (S. 9)*

Den Vergleich mit einem **Kind** – und damit das Eingeständnis der Unreife – wiederholt er in der Klage darüber, Lotte nicht um den Hals fallen zu dürfen:

> *Greifen die Kinder nicht nach allem, was ihnen in den Sinn fällt? (S. 101)*

Lotte vermutet denn auch, seine Liebe hänge damit zusammen, dass sie für ihn unerreichbar sei (S. 124).

Doch wäre es verkehrt, in Werther den verwöhnten Sohn aus gutem Hause zu sehen, der es sich leisten kann, sein Leben der Liebe zu widmen. Hauptkennzeichen Werthers ist seine **Sensibilität** (Empfindsamkeit), die so weit geht, dass er auf heutige Leser rührselig wirkt. Er weint einem Toten nach, den er kaum gekannt hat (S. 6), er leidet darunter, wie die Vornehmen mit dem Volk umgehen (S. 9), er entzündet sich am Gefühl des Bauernburschen (S. 19) und bricht in Wonnetränen aus, als Lotte Klopstock erwähnt (S. 30). Nach seiner Rede gegen die üble Laune verlässt er weinend die Gesellschaft, so dass Lotte ihm vorwirft, an allem *zu warmen Anteil* (S. 39) zu nehmen. Oft beeindrucken ihn Erlebnisse so stark, dass er nur unzusammenhängend berichten kann oder den Brief sogar unterbrechen muss (vgl. S. 19, 21 u. a.).

Werther weiß: Seine Emotionalität kann anstößig wirken, er glaubt aber, bedeutende Menschen habe man immer als Trunkene und Wahnsinnige (S. 54) angesehen. Diese Äußerung verrät **Selbstwertgefühl**: Werther ist sich seiner Begabungen, die auch Lotte (S. 124) anerkennt, bewusst.

Die **Sympathie für Kinder** und **das Volk**, das **Mitgefühl** mit allen **Unglücklichen**, die **Freude an der Natur**: alles zeigt, dass Werthers Innenleben nicht auf die eigene Person beschränkt ist. Das Gefühl hält lebendig, es ist Zeichen von Leben. Es allein öffnet den Zugang zu Mensch und Natur, nicht die „kalte" Wissenschaft. Zur charakterlichen Eigenschaft treten weltanschauliche Gründe:

– Zum einen verwirklicht er, dem **Herz** folgend, seine **Individualität**, denn das Herz hat er für sich alleine. Auf sein Herz ist er stolzer als auf Verstand und Begabung (S. 88).

– Zum anderen lebt er aus der Überzeugung, die unverstellte **Natur** führe den Menschen zum **Glück**, während die Gesellschaft mit ihren Regeln ihn verderbe. (Werther übernimmt die damals verbreitete Kulturkritik des französischen Philosophen Rousseau.)

Dass Werther nicht auf den sich selbst genießenden Lustmenschen reduziert werden darf, zeigen noch zwei andere wichtige Aspekte seines Charakters:

– Er **leidet an seinen Launen**. Er weiß, dass er wankelmütig ist und dazu neigt, zwischen Hochgefühl und Niedergeschlagenheit zu schwanken.

– Er anerkennt **moralische Maßstäbe**. Er fragt sich selbstkritisch, ob er nicht die Gefühle der armen Lotte begünstigt hat, und als er erfährt, dass Lottes Verlobung von der todkranken Mutter gewünscht wurde, reist er ab, um die Beziehung nicht zu stören.

Doch **fehlt** es Werther **an Selbstbeherrschung**, denn seine Rückkehr führt wieder in dieselben Probleme. Trotz guter Vorsätze kann er der Versuchung, Lotte zu küssen, nicht widerstehen. Er gibt das beste Beispiel für seine Überzeugung, dass man gegen Leidenschaften vergeblich ankämpft (S. 58). Die eigenen rückt er in die Nähe des Wahnsinns (S. 54). Kein Wunder, dass ihm Albert Überspanntheit (S. 54) und Lotte *Exzesse* (S. 103) vorwerfen. Werther neigt zu **überschwänglichen Reaktionen**: So möchte er den umbringen, der die Nussbäume beim Pfarrer gefällt hat (S. 97). Werthers Idealismus nährt Aggressivität, die sich schließlich gegen die eigene Person wendet.

Sein **Selbstmord** wird von Goethe **mehrfach** psychologisch **motiviert**: Von den Ereignissen spielen der Misserfolg bei Hof und die tragische Liebe zu Lotte die entscheidende Rolle, von den Charakterzügen neben der Sensibilität und der Neigung zur Überreaktion vor allem Werthers **Schwermut**. Schon früh spricht er von der *süße[n] Melancholie* (S. 9) und vom *süße[n] Gefühl der Freiheit, [...] diesen Kerker* zu verlassen, *wann er will* (S. 14). Vor allen Kränkungen also deutet sich an, dass er der Vorstellung, sein Leben selbst zu beenden, nicht fern steht. Und vor Alberts Ankunft erwähnt Werther Selbstmordgedanken, von denen ihn die Macht der Musik befreien muss (S. 45). Die Neigung zum Selbstmord verstärkt sich, je klarer er erkennt, dass er Lotte nicht gewinnen wird, und bereits am Ende des 1. Buches ersehnt er das Grab (S. 65).

Goethe selber hat Werther in einem Brief als *mit einer tiefen reinen Empfindung und wahrer Penetration begabt* charakterisiert und betont, dass er sich *in schwärmende Träume verliert, sich durch Spekulation untergräbt, biss er zuletzt durch dazutretende unglückliche Leidenschafften [...] sich eine Kugel vor den Kopf schiesst!*[1]

---

1 Zitiert nach Karl Otto Conrady, Goethe. Leben und Werk, Frankfurt a. M. 1987, S. 219.

Lotte

Lotte wird Werther als besonders hübsch empfohlen. Der frühe Tod ihrer Mutter und die Last der Aufgabe, sie bei den Geschwistern zu vertreten, haben sie weder äußerlich gezeichnet noch innerlich niedergedrückt. Schon im ersten Gespräch mit Werther nennt sie ihr Leben *freilich kein Paradies, aber doch im ganzen eine Quelle unsäglicher Glückseligkeit* (S. 25). Sie bekennt ihre Leidenschaft für Musik und Tanz und sie liest gerne Romane, in denen sie sich wiederfindet. Da sie für dieselben Autoren schwärmt (S. 25, 30), weiß Werther, dass sie ihm **seelenverwandt** ist. Sein Eindruck, dass in ihr mehr Feuer glüht als in Albert, dass ihre warmherzige Art besser zu ihm passt als zum nüchternen Ehemann, scheint also berechtigt.

Dennoch **kritisiert** sie Werthers **übertriebene Empfindsamkeit** und Leidenschaftlichkeit (S. 39, 103). Für sie zählen die Regeln der Gesellschaft mehr als für ihn. Da sie Albert schätzt, fühlt sie sich durch ihre Verlobung gebunden. Völlig undenkbar wird eine Beziehung zu Werther, seitdem sie verheiratet ist. Sie nimmt **Rücksicht** auf Alberts Wunsch, den Liebeskranken aus ihrer Nähe zu verbannen (S. 118, 123, 129). Insgesamt wirkt Lotte **selbstbeherrschter** als Werther und ist Eindrücken weniger ausgesetzt. Beim Gewitter erzählt sie ihm, wie sie ihre Angst überwand, und befreit durch das Spiel, das sie organisiert, auch andere davon. Beim Gespräch über schlechte Laune erwähnt sie konkrete Beispiele, wie sie die eigene Missstimmung vertreibt (S. 37).

Lottes Vorbild ist ihre verstorbene Mutter, deren *Gestalt* um sie *schwebt*, wenn sie abends mit den jüngeren Geschwistern zusammensitzt (S. 68). In ihrer **Bescheidenheit** zweifelt sie daran, die Mutter ganz ersetzen zu können. Lotte betet oft darum, ihrem Ideal gleich zu werden und wie sie sanft, munter und tätig zu sein (S. 69). Die Eigenschaften, mit denen sie ihre Mutter charakterisiert, passen gut auf sie selbst. **Uneigennützig** widmet sie ihr Leben der Familie und übt die Rolle ein, die für eine Frau ihres sozialen Standes vorgesehen ist.

Während Werther auf sich gestellt ist, bewegt sich Lotte in einem **festen sozialen Rahmen**, der ihr Halt gibt. Ihre lebensnahe und tatkräftige Art zeigt sich auch in ihrer **praktischen Nächstenliebe**. Sie besucht die todkranke Freundin (S. 34, 39), tröstet den alten Pfarrer (S. 35) und betreut ihren gesundheitlich angegriffenen Vater (S. 113). Lotte ist eine **gute Christin**: Hilfsbereitschaft verbindet sie mit einem starken Glauben an ein Leben nach dem Tode (S. 66). Dass sie in christlichen Moralvorstellungen erzogen wurde, trägt dazu bei, dass sie Albert die Treue hält.

In Liebesdingen **unerfahren**, wirkt Lottes Umgang mit Werther unschuldig bis **naiv** (S. 44). Obwohl bereits ein Mann ihretwegen den Verstand verlor – der Schreiber ihres Vaters nämlich (S. 110) –, ist sie sich ihrer Wirkung aufs andere Geschlecht kaum bewusst. Der Herausgeber spricht ihr ein *reines, schönes, sonst so leichtes und leicht sich helfendes Gemüt* (S. 129) zu. Ohne zu bedenken, welche Symbolik damit verbunden sein könnte, schenkt Lotte Werther zum Geburtstag ihre Schleife. Sie inszeniert den über einen Vogel vermittelten Kuss und noch ihre Aufforderung, sie seltener zu sehen, verbindet sie mit der Ankündigung eines Weihnachtsgeschenks.

Über ihre **eigenen Gefühle** weiß sie lange nicht Bescheid. Erst kurz vor dem tragischen Ende – also einige Zeit nach ihrer Hochzeit – schlägt ihr Herz zum ersten Mal vor seiner Ankunft (S. 130), erst jetzt kommt es zum Kuss, so dass Werther in seinem letzten Brief schreibt, ihn erfasse *zum erstenmale ganz ohne Zweifel [...] das Wonnegefühl* (S. 141), dass Lotte ihn liebe. Allerdings verstößt sie damit gegen ihre Moral. Sie will keine Heimlichkeiten vor ihrem Mann und grübelt, wie sie ihm den Vorfall beichten kann. Obwohl sie weiß, dass Werther sich erschießen wird, tut sie nichts dagegen. Lotte ist weder der Verwicklung der eigenen Gefühle noch der Radikalität Werthers gewachsen. Von **Schuld** gequält, lädt sie neue auf sich und wird bei der Nachricht, dass sich die schlimmste Befürchtung bewahrheitet hat, ohnmächtig. Auch der reine Engel kann den Konflikten der Realität nicht entkommen.

Albert

Goethe stellt Albert als **Kontrastfigur** zu Werther dar. Wie gegensätzlich beide sind, fällt Werther selber beim ersten Kennenlernen auf: *Seine gelassene Außenseite sticht gegen die Unruhe meines Charakters sehr lebhaft ab* (S. 48). Der Gegensatz hält sich in Einstellungen und Lebenserfolg durch:

– Während Werther bei Hofe scheitert, ist Albert dort erfolgreich (S. 62).

– Während Werther Selbstmord akzeptiert, lehnt Albert ihn ab (S. 55).

– Während Werther auf Seiten der Leidenschaften steht, vertritt Albert die Vernunft (S. 55).

– Während Werther von Stimmungen abhängig ist, bleibt Albert immer er selbst (S. 113).

Der deutlichste Gegensatz betrifft ihr Verhältnis zu Lotte. Während Werther am liebsten ständig um sie wäre, geht Albert oft seinen Geschäften nach. Dies lässt sich nicht allein dadurch erklären, dass Albert in ihr seine Verlobte sieht, Werther hingegen um sie werben muss. Das Gefühlsleben spielt für Albert nicht dieselbe Rolle wie für Werther, der ihm vorwirft, er lasse einen *Mangel an Fühlbarkeit* (S. 90) spüren und erreiche daher keine Seelenverwandtschaft mit Lotte. Nie ist davon die Rede, dass Albert Lotte vorliest oder sie von derselben Literatur schwärmen. Dazu hat er keine Zeit, denn er ist *über die Ohren in Akten begraben* (S. 63). Werthers Gegenüberstellung von Künstler und Philister nimmt den Kontrast zwischen ihm und Albert in einem frühen Brief vorweg (S. 15/16).

Albert ist ein verantwortungsbewusster Mensch: Aus dem Unglücksfall mit den Pistolen zieht er die Konsequenz, sie nicht mehr geladen aufzubewahren. Als Mann von **Grundsätzen** hat er klare Vorstellungen von Gut und Böse: Bestimmte Handlungen bleiben *lasterhaft*, egal, *aus welchem Beweggrunde* sie geschehen (S. 53). Daher entschuldigt er den Selbstmord auch dann nicht, wenn der Tod im Affekt gesucht wird. Seiner Meinung nach muss die Vernunft bei einem gebildeten Menschen die Gefühle kontrollieren. Deshalb kann er sich eine Kurzschlusshandlung höchstens bei einem *einfältigen Mädchen* vorstellen, nicht aber bei einem *Mensch von Verstande, der nicht so eingeschränkt* ist (S. 58). Da Albert zuverlässig in seiner Liebe ist, vertraut er Lotte vollkommen und lässt sie oft mit Werther alleine. Werther, der betont, dass er sein Mädchen nie mit einem anderen tanzen lassen würde (S. 27), rechnet es Albert hoch an, dass dieser so **rücksichtsvoll** ist und seine Verlobte nicht in Werthers Gegenwart küsst (S. 48). Später verlässt Albert sogar das Zimmer, als er merkt, dass Werther *von seiner Gegenwart gedrückt* ist (S. 113). Und dies zu einem Zeitpunkt, da er schon seinen Unwillen darüber bekundet hat, Lotte mit jemandem zu teilen.

Trotz guter Eigenschaften wirkt Albert auf den Leser etwas **zu solide** und gesetzt. Und das nicht nur, weil er aus der Sicht Werthers geschildert wird. Was der Herausgeber im letzten Teil zu berichten weiß, bestätigt nämlich Werthers Einschätzung. Albert ist der rationalere und strebsamere Typ, ihm fehlt es aber an Werthers Feuer und Fantasie. Es ist kein Zufall, wenn Lotte feststellt, dass sie alles *Interessante* eher mit Werther teilen kann (S. 129). Besonders krass zeigt sich Alberts **Mangel an Sensibilität**, als er nicht merkt, wie verwirrt Lotte sich benimmt, nachdem es zum Kuss zwischen Werther und ihr gekommen ist (S. 145/146).

Gewiss ist der **zuverlässige** und **in sich ruhende Albert** eher derjenige, mit dem sich eine Familie gründen lässt (S. 129), während man sich den sprunghaften Werther in dieser Rolle trotz seiner Kinderliebe schwer vorstellen kann. Ob Albert aber Lotte so glücklich machen wird, wie es ihre Mutter (Ende 1. Buch, S. 69) und Werther selber wünschen (Ende 2. Buch, S. 147), daran muss der Leser zweifeln, der die zwei zentralen Kussszenen – zwischen Albert und Lotte (S. 69) und zwischen Werther und Lotte (S. 139) – vergleicht und den Unterschied zwischen Zuneigung und Leidenschaft bemerkt.

2. Hauptthemen des Romans

Werther und die Kunst

Werther vertritt die typische Kunstauffassung des Sturm und
Drang. Sie ist gegen die aufklärerische Theorie gerichtet,
Kunst gehorche dem Verstand, sie sei lehrbar und lernbar und
richte sich nach Regeln, die man von berühmten Vorbildern
abschauen könne. Dies galt als künstlich, Lehrmeisterin sollte
statt dessen die **Natur** sein. *Sie [...] allein bildet den großen
Künstler.* Werther äußert dies, als er im freien Feld zwei Kinder
gezeichnet hat, *ohne das mindeste von dem Meinen hinzuzutun*
(S. 15). Wer sich nach Normen richtet, wie sie auf Akademien
(S. 11) beigebracht werden, wird zwar *nie etwas Schlechtes [...]
hervorbringen,* aber er wird *das wahre Gefühl von Natur und
den wahren Ausdruck derselben zerstören* (S. 15).

Noch einen zweiten Einwand hat Werther gegen die Regeln:
sie dienen dazu, den *Strom des Genies* (S. 16) zu kanalisieren,
damit er die bürgerlichen Besitztümer – und d. h. Gewissheiten
– nicht „überspült". Dies scheint ein Widerspruch, denn der
Begriff des **Genies** war schon im 18. Jahrhundert mit dem des
Schöpfertums verbunden. Soll man nun nach der Natur zeichnen, was Realismus und Objektivität meint, oder aus dem eigenen Inneren schöpfen, was Fantasie und Subjektivität bedeutet? Der Roman löst den scheinbaren Widerspruch, denn
er bietet die **objektive Darstellung** von **Subjektivität**. Goethe
hat „nach der Natur" gearbeitet, reale Vorfälle in sein Buch
aufgenommen (vgl. oben S. 28) und gleichzeitig frei kombi-
niert. Die Briefe springen oft von Thema zu Thema, was subjektiv wirkt, aber die Wirklichkeit wiedergibt: So sprunghaft
verlaufen Alltagsgedanken. Dem intuitiven Genie gelingt der
Zugang zur Realität überzeugender als dem von Regeln gelei-
teten Künstler.

Werthers Kunstauffassung hängt mit seiner Lebensauffassung,
also mit seiner **Ablehnung bürgerlicher Normen**, zusammen
(vgl. unten S. 57). Das regelgeleitete Leben bringt so wenig
große Menschen hervor wie die regelgeleitete Kunst ein genia-

les Werk. Er klagt darüber, dass die *vernünftigen Leute*, die *Nüchternen* bei jeder halbwegs *freien, edlen, unerwarteten Tat* ausrufen, es sei die eines Narren (S. 54). Kunst bedarf der Leidenschaft, die Werther in sich fühlt und für die er lebt wie ein Künstler für seine Berufung.

Werther neigt zu drei Kunstformen: Musik, Malerei (Zeichnung) und Dichtung.

Die **Musik** übt er nicht selber aus, sie ist Lottes Bereich; er hört ihrem Klavierspiel nur zu. Die Wirkung der Musik ist so stark, dass sie ihn *von [...] Verwirrung und Grillen* befreit und Gedanken an den Selbstmord vertreibt (S. 44/45). Sogar Leidenschaft dämpft sie (S. 105).

Das **Zeichnen** spielt nur im ersten Romanteil eine Rolle. Thema ist immer die Natur. Als Werther Lotte zeichnen will, scheitert er und begnügt sich mit einem Schattenriss (S. 47). Im zweiten Teil hat er das Zeichnen ganz aufgegeben.

Eine durchgehende Rolle spielt die **Dichtung**. Vier Autoren stehen im Vordergrund:

Homer: Goethe war von Herders Auffassung beeinflusst, dass Dichtung die Ursprache der Menschheit gewesen sei und dass jeder dichterisch Empfindende sich in die Poesie der Vorfahren versenken solle, um durch die Tradition zu eigener Gefühlsfülle zu finden. Am Anfang der Geschichte – d. h. vor ihrer schriftlichen Aufzeichnung, als es noch keine Regeln gab! – erzielte die Dichtung ihre größte Wirkung. Dies ist der Hintergrund von Werthers Homer-Begeisterung. Homer ist der Anbeginn der europäischen Literatur und hat mit der »Ilias« und der »Odyssee« zwei bedeutende Heldenlieder (Epen) geschaffen. Wenn Werther vom *Wiegengesang* (S. 9) schwärmt, heißt das, dass er sich nach der Frühzeit der Dichtung, nach ihrer unverbildeten natürlichen Form sehnt. Er lobt deshalb das kindliche Gefühl dieser Poesie (S. 87). Hier findet er Zuflucht vor der gekünstelten und unnatürlichen Art der Gegenwart. So tröstet er sich nach der Entlassung beim Grafen mit der Lektüre Homers. Werther wechselt von der Gesellschaft in die Natur (S. 83: Er liest auf einem Hügel!) und von unechter zu echter Gastfreundschaft. Der 14. Gesang der »Odyssee« schildert nämlich, wie ein treuer Diener, der Sauhirt, den von seiner Irrfahrt heimkehrenden Odysseus *(= Ulyß)* bewirtet, obwohl er ihn nicht als seinen Herrn erkennt. Die Menschlichkeit in der Dichtung steht im Gegensatz zur Rangsucht der Adligen in der Realität.

Ossian: Goethe wurde durch Herder auf Ossian – d. h. im Grunde auf den tatsächlichen Autor Macpherson – aufmerksam. Der schottische Barde galt als Vertreter der ursprünglichen, volksnahen Dichtung, ähnlich wie Homer. Ossian verdrängt Homer aber in Werthers Gunst, da dessen düsterer Ton seine Seelenlage im zweiten Teil besser trifft (S. 98). Dies bestätigen die rezitierten Seiten. Lotte hat Werthers Übersetzung nicht gelesen, weil sie hoffte, er werde sie vortragen – eine Anspielung darauf, dass nach Herder die frühe Poesie mündlich überliefert wurde. Konsequent ist von „Liedern" und „Gesängen" die Rede (S. 130). In ihnen beklagen die Sänger Ullin, Ryno und Alpin den Tod des Helden Morar; dessen Schwester Colma beweint den Tod ihres Geliebten Salgar.[1] Gefühle der Verlassenheit und Trauer herrschen vor, sie passen zum Trennungsschmerz von Lotte und Werther, so dass beide in Tränen ausbrechen. *Sie fühlten ihr eigenes Elend in dem Schicksale der Edlen* (S. 138).

Klopstock: Der kanonische Autor der Empfindsamkeit fällt Lotte und Werther ein, als ein Gewitter abzieht und das Land die wohltuende Wirkung des Frühjahrsregens spürt. Beide denken an sein berühmtes Gedicht »Die Frühlingsfeier«, in dem alle Naturerscheinungen, vom Würmchen bis zum Blitz, als Zeugnisse Gottes gepriesen werden. Dem Blitz aber gebietet Gott, die Behausung der Menschen zu schonen – genau dies geschieht im Text. Klopstock steht auch Pate bei Werthers

---

1 Eine Erklärung der Namen und ihrer Verhältnisse findet sich bei Rothmann (vgl. unten S. 40), S. 61.

Begeisterung für die Natur im Brief vom 10. Mai: Sie mache die Gegenwart des Schöpfers erfahrbar.

Lessing: Als Werther stirbt, liegt Lessings Trauerspiel »Emilia Galotti« *auf dem Pulte aufgeschlagen* (S. 151). Goethe folgt damit den historischen Tatsachen, denn auch Jerusalem (vgl. oben S. 28) hatte das Buch bei seinem Freitod auf dem Pult. Zugleich gibt Goethe aber einen wichtigen Hinweis zum Verständnis des Romans. Im Drama bittet die Titelheldin ihren Vater darum, sie zu erdolchen, da sie Angst hat, den Verführungskünsten eines Prinzen zu erliegen. Sie fürchtet, dass ihre Sinnlichkeit über ihre Sittlichkeit siegt. Der Vater erfüllt ihre Bitte. In ähnlicher Weise ist also Werthers Selbstmord motiviert: Er fürchtet, nach dem Kuss seine Sinnlichkeit nicht mehr zügeln zu können und – dies ist die Variante – Lottes Ehre und Sittlichkeit in Gefahr zu bringen.

Welche **Funktionen** erfüllt **Literatur** für Werther?

– Sie ermöglicht den **Rückzug** in eine idealere Welt, in welcher die Personen moralisch und heldenhaft agieren.

– Sie ermöglicht indirekte **Kommunikation** mit Lotte und damit das Gefühl der Seelenverwandtschaft.

– Sie liefert **Vorbilder** für das eigene Verhalten, wie er sie in der Wirklichkeit offenbar nicht findet.

Trotzdem teilt Werther mehrfach seine Erfahrung mit, dass Sprache Gefühle nicht treffend ausdrücken könne (S. 19, 46, 92). Zwar vermitteln Literatur und Kunst einen besseren Zugang zum Innenleben des Menschen als die Wissenschaft, doch auch für sie gibt es Grenzen.

Werther und die Gesellschaft

Werthers Vorliebe für Kunst und Natur hat damit zu tun, dass er der Gesellschaft und dem Verhalten der Menschen unter einander in manchem kritisch gegenüber steht. Er leidet nicht nur an der Liebe, der Titel des Romans bezieht sich auch auf Konflikte im sozialen Bereich.

Werther kritisiert, dass sozial Höhergestellte sich vom „einfachen Volk" fernhalten. Er kennt diesen Hochmut nicht, sondern scherzt mit den Leuten (S. 10). Besonders deutlich wird die Ablehnung der *Rangsucht* (S. 74), als er sich am Hofe aufhält. Er macht sich darüber lustig, wie jeder strebt, in der Hierarchie aufzusteigen (S. 74), und wie wichtig es ist, einen Stuhl näher am Grafen oder Prinzen sitzen zu dürfen (S. 76). Ihn stört das Zeremonielle, ihn stört der Streit, der aus der Konkurrenz entsteht, und die Angeberei mit der eigenen hohen Geburt. Er akzeptiert nicht, dass Herkunft wichtiger sein soll als Charakter, Bildung oder Fähigkeiten. Dass er als Bürgerlicher aus den Adelskreisen verbannt wird, empört ihn. Trotzdem akzeptiert Werther die Ungleichheit unter den Menschen (S. 9) und revoltiert nicht gegen die Standesgrenzen seiner Zeit. Er hält sie für nötig und ist sich bewusst, dass er von ihnen profitiert. Sie sollen ihn nur nicht daran hindern, *einen Schimmer von Glück auf dieser Erde* zu genießen (S. 75).

Dass Werthers Ideal nicht die Gesellschaft ohne Hierarchie ist, zeigt sein **Lob des patriarchalischen Lebens**. Werther schwärmt von der Vergangenheit, als die Oberen ihr Volk väterlich-fürsorglich regierten und der Dorfbrunnen Zentrum der Kommunikation der kleinen Gemeinschaft war. Er verherrlicht – ganz im Sinne Rousseaus – eine Welt, in welcher der Mensch das selbst gezogene *Krauthaupt* (S. 33) genießt und er so naturverbunden lebt statt in der künstlichen Welt des Hofes. Werther, der sich bei Hofe als *Marionette* (S. 77) oder wie auf einer *Galeere* (S. 74) fühlt, vermisst die Freiheit, aber auch die Schlichtheit und Einfachheit früherer Verhältnisse. Im Vergleich zur verklärten Vergangenheit verblasst die Gegenwart.

Immerhin ist Werther selber in einer ländlichen Umgebung aufgewachsen: seine Mutter zog erst nach dem Tod ihres Mannes in die Stadt (S. 86). Stadtleben ist Werther verhasst (vgl. S. 6, 86), da es bereits eine zu starke Abkehr von der Natürlichkeit und Vertrautheit seines kleinen Heimatortes bedeutet. Typisch für ihn ist daher die Gegenüberstellung dieses Ortes mit dem fürstlichen Jagdschloss. Obwohl ihm der Besuch in der Heimat nicht nur positive Erinnerungen beschert, kommt er sich wie ein Pilger an heiliger Stätte vor. Die Kindheit gilt wie die Vorzeit als Epoche des Glücks. Deshalb fasst er seinen Gesamteindruck darin zusammen, dass er dort *so beschränkt und so glücklich* gewesen sei wie die Vorfahren (S. 87). Die Menschen auf dem Schloss hingegen begreift er gar nicht. Er ist sich nicht sicher, ob sie ehrlich sind (S. 88!). Hier spricht das Misstrauen des Bürgerlichen gegenüber dem Adel, von dem er sich nur durch höhere Tugendhaftigkeit abheben kann.

Aber auch bürgerliche Normen finden keine Gnade vor Werthers Augen. Dies zeigt der Spott, mit welchem er sich ausmalt, was ein Philister einem Verliebten raten würde:

> *Teilet Eure Stunden ein, die einen zur Arbeit, und die Erholungsstunden widmet Eurem Mädchen. Berechnet Euer Vermögen, und was Euch von Eurer Notdurft übrig bleibt, davon verwehr' ich Euch nicht, ihr ein Geschenk, nur nicht zu oft, zu machen.* (S. 15/16)

Ein geregeltes Leben mit Familie und Beruf verfällt dem Vorwurf der Spießigkeit. Werther kritisiert dabei eher menschliche Schwächen wie Eitelkeit und Mittelmaß als konkrete Gesellschaftsstrukturen. Dies ist der Grund dafür, dass er keine revolutionäre Veränderung der Gesellschaft vorschlägt: Sein Traum vom selbstbestimmten und intensiven Leben, sein Interesse an der Verwirklichung seiner Talente und Gefühle ist zu individualistisch, als dass er ausgeprägte Vorstellungen von einer besseren Welt entwickeln könnte. Es geht Werther um sein *eigenes* Glück, nicht so sehr um die gerechte Gesellschaft. Wo ihm Privilegien nützen, will er sie folglich nicht abschaffen.

Werther und die Religion

Als Goethes Roman erschien, wurde er von den Kritikern, die sich als rechtgläubige Christen fühlten, abgelehnt. Dies hing u. a. damit zusammen, dass Werther zu wenig christliche Religiosität zeigt. Dazu müßte er

– **Gott** in der Bibel suchen, nicht in der Natur,

– **Trost** in der Bibel suchen, nicht in der Literatur,

– sich **religiösen Sitten** anschließen und z. B. den Gottesdienst mitfeiern,

– sich mehr um sein **Seelenheil** sorgen, welches nach traditioneller Meinung durch den Selbstmord verwirkt war,

– sich der **Moral** fügen und keinesfalls – seinen Gefühlen folgend – um eine verlobte bzw. verheiratete Frau werben.

Werther lehnt Religion und deren Praxis nicht ab, er ist auch kein Atheist. Er leidet darunter, den Geist Gottes nicht mehr zu spüren (S. 102), er fühlt sich von Gott verlassen, beklagt sein Schweigen (S. 109) und lässt seiner Mutter ausrichten, sie möge für ihn beten (S. 122). Er anerkennt sogar, dass er gesündigt hat, und will den Tod als Strafe auf sich nehmen, auch wenn er nicht bereut (S. 142). Aus Rücksicht auf die frommen Christen verzichtet er auf ein Grab in geweihter Erde (S. 149). Vor allem zwei zentrale Glaubenssätze des Christentums gelten für ihn:

– Die Welt ist Gottes Schöpfung, sie spiegelt seine Unendlichkeit. Ganz traditionell redet er von Gott als dem *Allmächtigen* und dem *Alliebenden* (S. 7).

– Es gibt ein Leben nach dem Tode (vgl. S. 70). Dort erhofft Werther sich ein Wiedersehen mit Lotte und die Versöhnung der im hiesigen Leben unlösbaren Konflikte. Er will bei ihr bleiben *vor dem Angesichte des Unendlichen in ewigen Umarmungen* (S. 142).

Werther betont, dass er die Religion ehre. Allerdings erkennt er – darin ein Kind von Empfindsamkeit und Aufklärung –

Gott eher über Gefühl und Verstand. Er findet ihn in der Natur statt in der Heiligen Schrift. Wenn er im Gras liegt und *das Wimmeln der kleinen Welt zwischen Halmen* beobachtet, fühlt er die *Gegenwart* Gottes, *der uns in ewiger Wonne schwebend trägt und erhält* (S. 7). Er sehnt sich danach, solche Empfindungen ausdrücken zu können, und bezeichnet die menschliche Seele als einen *Spiegel des unendlichen Gottes* (S. 8). Andererseits vertraut er auch seinem Verstand. Da er nicht einsieht, wieso man ein Leben nicht beenden darf, wenn es nur Leid bringt, weigert er sich, die christliche Verurteilung des Selbstmords zu akzeptieren.

Werther ist für seine Zeit zu modern, als dass er sich christlicher Tradition kritiklos unterordnen könnte. Dass der Mensch Gottes Ebenbild sei, diese biblische Auffassung meint für das 18. Jahrhundert, dass der Mensch sein Leben in die eigene Hand nehmen und eine Welt aus sich heraus schaffen könne. *Ich kehre in mich selbst zurück, und finde eine Welt!* (S. 12f.) Werther geht es in religiösen Fragen um **Selbstbestimmung**, auch wenn er die *heilige belebende Kraft, mit der [er] Welten um [s]ich schuf*, auf Gott zurückführt (S. 102).

Obwohl Werther die Lektüre der Heiligen Schrift durch literarische Werke ersetzt und damit den Rückgang der Prägekraft des Christentums dokumentiert, hat Goethe in dem Roman Verweise auf die Bibel eingearbeitet. Wichtig sind Andeutungen, die Werthers Leiden mit Jesu Leiden parallelisieren. So lässt sich Werther Brot und Wein bringen, gewissermaßen als letztes Abendmahl (S. 146), und er verbildlicht wie Jesus den Tod als Trank aus einem Kelch (S. 149, vgl. Joh. 18, 11). Dass er Weihnachten – am Fest der Geburt Christi – stirbt, öffnet der Deutung mehrere Möglichkeiten: Soll die Selbsterlösung gegen die von Gott versprochene gesetzt werden? Soll Werthers Leiden als ebenso unvermeidlich wie das von Jesus und damit als gerechtfertigt erscheinen? Oder will Goethe andeuten, dass die Weihnachten zur Welt gekommene Hoffnung auch den Sünder Werther umfassen wird. Eindeutig lässt sich die Wahl des Todestages nicht interpretieren.

<table>
<tr><td>

Aufgaben mit Lösungs- tipps

</td><td>

Wie im Roman steht auch in Klausuren meistens Werther im Mittelpunkt. Oft soll seine Auffassung von Liebe, Natur, Arbeit usw. oder sein Verhältnis zu Albert untersucht werden. Überdies bieten sich vergleichende Themen an, so z. B. in Bezug auf Plenzdorfs Roman.

</td></tr>
</table>

? Aufgabe 1

Wie und warum entwickelt sich Werthers **Naturempfinden?**

Textstellen: Briefe vom 10. Mai 1771, 18. August 1771, 3. November 1772

! Lösungstipp

Erster Brief: Naturempfinden **positiv**. Der *süße(n) Frühlingsmorgen* erfüllt Werthers Seele mit *wunderbare(r) Heiterkeit* – Harmonie von Innenleben und äußeren Eindrücken; Glücksgefühl (S. 7). Natur bezogen auf
– Kunst: Obwohl zu glücklich zum Zeichnen, glaubt er auf der Höhe seiner Fähigkeiten zu sein,
– Religion: Sogar Unscheinbares (Grashalm, Wurm) zeigt die *Gegenwart* des *Allmächtigen* (S. 7).

Gründe für das positive Empfinden:
– die Abwesenheit von Zuhause,
– die angenehme Landschaft,
– die Jahreszeit Frühling.

Zweiter Brief: negatives Naturempfinden. Das Positive nur noch Erinnerung, aus dem *Schauplatz des unendlichen Lebens* ist der *Abgrund des ewig offnen Grabs* geworden (S. 61). Statt Leben spendender die alles vernichtende Natur, ein *Ungeheuer* (S. 62).

Gründe für den Stimmungswechsel:
- Konflikt mit Albert; Gefühl, unverstanden zu sein (S. 58),
- wachsendes Bewusstsein der Vergänglichkeit, verstärkt durch die Vergeblichkeit der Werbung um Lotte (S. 62).

Dritter Brief: Kontrast zwischen Innenleben und Natur. Herbstlandschaft, Morgensonne müssten positiv auf Werther wirken, doch scheint die Natur *starr*, weil er innerlich erloschen ist; sein Herz, einst die *Quelle aller Seligkeiten*, jetzt die *Quelle alles Elendes* (S. 102). Schlimmer als negative Reaktion: **Gleichgültigkeit**. Tod der inneren Beziehung zur Natur macht eigenen Tod unausweichlich.

Gründe für die Empfindungslosigkeit:
- Lottes erstmalige Kritik (S. 103),
- Verzweiflung, Sehnsucht nach dem Grab.

❓ Aufgabe 2

In welchen **Nebenfiguren** spiegelt sich Werthers Schicksal? Warum hat Goethe diese Figuren eingefügt?

❗ Lösungstipp

Es handelt sich um folgende Nebenfiguren:
- Der **Bauernbursch**, der in seine Herrin, eine Witwe, verliebt ist, nach einer versuchten Vergewaltigung entlassen wird und schließlich den neuen Knecht aus Eifersucht ermordet (S. 18/19, 92/94, 115/117).
- **Heinrich, der verwirrte Blumensucher**, ehemals Schreiber bei Lottes Vater, den die Liebe zu ihr seine Stellung und den Verstand gekostet hat (S. 106–110).

Die Nebenfiguren erfüllen folgende Funktionen:
- Goethe zeigt, dass Werthers Schicksal **kein Einzelschicksal** ist,

– Goethe zeigt, dass Leidenschaft zu drei **extremen Reaktionen** führen kann: **Mord** (Bauernbursch), **Wahnsinn** (Schreiber), **Selbstmord** (Werther).

Dass in allen drei Fällen Männer an ihrer Leidenschaft seelisch und körperlich zu Grunde gehen, liegt wohl daran, dass die **Geschlechterrolle** eher von ihnen verlangt, ihre Liebe zu bekennen und den ersten Schritt zu tun.

?
● **Aufgabe 3**

Zeigen Sie, welchen Einfluss die **Liebe** auf Werther hat. Welches Bild der Liebe entwirft der Roman?

!
● **Lösungstipp**

Die Liebe zu Lotte verändert Werthers Leben:
– Er vergisst Raum und Zeit (S. 31),
– er vergöttert sich selber, seit er sich geliebt glaubt (S. 43),
– er kennt in ihrer Nähe keine Begierde (S. 44),
– er empfindet die Welt als sinnvoll (S. 45),
– er schickt seinen Diener zu ihr, um jemand um sich zu haben, der sie gesehen hat (S. 45),
– er vernachlässigt seine Kunst (S. 46),
– er verzweifelt, weil er vergeblich um sie wirbt (S. 62),
– er flieht vor seinem Kummer in den Wald (S. 65),
– er verträgt ihre Kritik nicht (S. 103),
– er sucht ständig nach Beweisen ihrer Zuneigung (S. 104),
– er kann sie nicht vergessen (S. 111),
– er opfert ihr schließlich sein Leben.

Die Liebe ist im Roman ein **absolutes Gefühl**. Sie befreit Werther von Selbstzweifeln, von Zweifeln an der Welt und am Menschen und von seiner Melancholie.

Liebe
– lässt alles andere unwichtig erscheinen,
– gilt nur einem Menschen,
– kennt keine Begründung und entsteht spontan,
– dauert ewig (Liebe bis zum Tod!),
– kennt nur das Wohl des anderen und scheut keine Opfer,
– kann sprachlich nicht angemessen ausgedrückt werden.

? Aufgabe 4

Welche Themen spricht Werther im Brief vom 22. Mai 1771 an? Arbeiten Sie seine **Weltsicht** heraus und ziehen Sie Schlüsse auf seinen Charakter.

! Lösungstipp

Werther bezeichnet das Leben als Traum, weil es keinen Sinn zu haben scheint. Er hat den Eindruck, es drehe sich im Kreise und sei nur dafür da, die notwendigen Voraussetzungen zu schaffen, um weiterleben zu können. Die Menschen müssten für ihren Lebensunterhalt sorgen und kommen dadurch nicht zum „richtigen" Leben, d. h. für Werther dazu, ihre *tätigen und forschenden Kräfte* auszubilden (S. 12). Der zweite Grund für den Vergleich des Lebens mit dem Traum liegt darin, dass die Menschen sich das Leben mit Traumbildern ausstatten müssen, um es auszuhalten. Diese **pessimistische Sicht** bringt Werther dazu, den Blick von der Außenwelt ab- und seiner Innenwelt zuzuwenden, die befriedigender ist und ihn tröstet.

Werther wechselt scheinbar das Thema seines Briefes und behauptet, dass Erwachsene genauso wenig wissen, was sie wollen, wie Kinder. Der Begriff des „Zweckes" zeigt, dass er in Wirklichkeit das Thema des ersten Abschnitts fortsetzt. Es geht wieder um den **Sinn des Lebens** und darum, dass *gewisse*

Punkte des Nachforschens (S. 12) zu keinem Ergebnis führen, nämlich die Sinnfragen: wie die menschliche Existenz zu erklären ist und wohin sie führt, d. h. ob es ein Jenseits gibt. Man kann daher den Zweck des eigenen Lebens nicht bestimmen und folgt in seinem Verhalten dem, wofür Ansehen oder Ablehnung (*Kuchen und Birkenreiser*, S. 13) zu erwarten steht.

Der Begriff „Kinder" verknüpft den zweiten mit dem dritten Abschnitt. Der **Vergleich mit den Kindern** lässt sich positiv wenden, denn nur die sind glücklich, die wie sie *in den Tag hinein leben* (S. 13). Als zweite Form der glücklichen Gedankenlosigkeit nennt Werther den Glauben daran, dass die zum eigenen Vorteil unternommenen Handlungen der Menschheit nützten. Damit kritisiert er vor allem den Adel. Wer die Illusionen aber durchschaut, kann sein Glück nur darauf gründen, dass er als Mensch die Freiheit hat, das Leben – *diesen Kerker* – jederzeit zu *verlassen* (S. 14). (Damit wird das Thema „Eingesperrtsein" des zweiten Satzes aufgegriffen.)

Werthers **Ideal** ist es, dass der Mensch eine klare Vorstellung vom Sinn seines Lebens hat und sie ohne die Zwänge von Beruf und gesellschaftlicher Stellung verwirklichen kann. Nur ein **freies Leben** kann **sinnvoll** sein.

Werther erweist sich in diesem Brief als
– grüblerisch und nachdenklich,
– philosophisch,
– kritisch und anspruchsvoll,
– eher pessimistisch und
– radikal.

Werther sollte nicht als gefühlsduseliger Schwärmer aufgefasst werden. Bei aller Sprunghaftigkeit argumentiert er geschickt. Seine in anderen Briefen spürbaren Zweifel an der menschlichen Vernunft widersprechen seiner Intelligenz nicht, sondern sind deren Ausdruck.